AF393148

Ce roman a été déposé auprès de e-dpo sous le n° 000802871
La couverture a été réalisée avec l'aide de Microsoft Copilot Designer

À l'enfant en chacun de nous, plein de rêves et d'espoir.

*Et à Juliette, la personne qui vit avec les mêmes passions que moi.
Qui les partage et partage ma folie. Celle
qui arrive à me supporter.*

Remarques

Toute ressemblance avec des faits et des personnages existants ou ayant
existé serait purement fortuite et ne pourrait être que le fruit
d'une pure coïncidence

Comme vous le savez peut-être, en course automobile, la langue
utilisée par les pilotes est l'anglais.
Certains dialogues sont en gras pour exprimer que mes
personnages parlent en français.

Pour votre information, et si vous ne le savez pas, POV est
l'abréviation de « Point of view » qui signifie Point de vue

"If you can dream it, you can do it."
"Si tu peux en rêver, tu peux le faire"

Enzo Ferrari

Prologue

Je me présente, je m'appelle Gwen Gilain.

Je suis la sœur adoptive d'Adrien Gilain, le pilote de Formule 1. Mes parents m'ont adoptée à ma naissance.

Ils ne le savaient pas encore, mais Pascale, notre mère, faisait un déni de grossesse et attendait un petit bout de chou qu'ils ont appelé Adrien. Il est né un mois après moi. C'est comme ça que le 7 janvier et le 7 février sont devenus des jours de fête pour les Gilain, nos anniversaires !

Tant qu'on est dans la famille, j'ai cinq frères en plus d'Adrien.

Je baigne dans le sport automobile depuis que je suis bébé. Et je suis passionnée. J'ai commencé le karting en même temps qu'Adrien et nous avons monté les échelons ensemble. Et même si maintenant, lui est en Formule 1 et voyage partout dans le monde, il reste le frère dont je suis le plus proche et avec qui on s'encourage le plus mutuellement.

Depuis toujours, il me soutient quand on me rabaisse ou quand on me dit qu'il n'y aura jamais de femme en Formule 1, que donc mon rêve est impossible.

Aujourd'hui, mon rêve est sur le point de se réaliser. Je vais

reprendre au début.

Aujourd'hui, c'est la première course de karting de la saison. Maman n'arrive plus à nous canaliser, Adrien et moi. On a hâte de retrouver Antoine. On l'a rencontré la saison dernière. Malheureusement, on n'a pas su se voir entre les deux, il est sympa. On a commencé à parler aux deux dernières courses puisqu'on partageait le podium avec lui.

La voiture s'arrête sur le parking. J'attrape mon sac dans le coffre et cours vers mon "poto du karting".

- **Antoine !!!**

- **Gwen !!!**

- **Tu m'as trop manqué.** *dis-je en le serrant dans mes bras*

- **J'ai perdu ma sœur...** *Adrien nous a rejoints.*

- **On t'emmène pique-niquer après.**

Antoine accepte avec un grand sourire et avertit ses parents. Nous rejoignons les vestiaires et après m'être battue pendant dix minutes pour que mes cheveux bouclés tiennent en une tresse sans frisottis, je retrouve les garçons en train de parler à un troisième. Il a des yeux verts.

- **C'est qui ?** *demande le jeune garçon.*

- **Ma sœur.** *répond fièrement Adrien.*

- **Gwen, enchantée.**

- **Augustin, pour vous servir.**

- **C'est bien aimable. Bon on va rouler ?!**

Mes trois amis me suivent et chacun rejoint son kart. La course se passe, certains pilotes ne sont pas francophones, mais ça ne m'inquiète pas, le podium est français. J'ai fini première suivie d'Adrien, Antoine, un certain Robins, un Anglais, et enfin Augustin. On fête joyeusement notre podium à quatre. Nous partons tous les quatre, en joyeuse troupe pour notre pique-nique.

- **Tu viens d'où Augustinounet ?** *je demande gentiment.*

- **De Monaco. Je vais tout reprendre : je suis Augustin Lechevalier, 8 ans, monégasque et fier de l'être.**

- **Gwen Gilain, 9 ans, la plus vieille ici, normande.**

- **Adrien Gilain, 9 ans, frère de cette folle, normand.**

- **Antoine Henry, bientôt 9 ans, lyonnais.**

- **J'ai une question, mais c'est indiscret…**

- **Vas-y Augustin.**

- **Eh bien, tu ne ressembles pas beaucoup à ton frère…**

- **Je suis sa sœur adoptive.**

- **Donc, tes parents ne sont pas les parents d'Adrien.**

- **Si ! Ce sont mes vrais parents. Tu es pas gentil quand tu dis ça. C'est comme si je te traitais de bourge juste parce que tu es monégasque.**

- **Ma maman est infirmière et mon père garagiste.**

- **Bon, bah, tu vois, ça ne fait pas plaisir les préjugés.**

Il me sourit et s'excuse. On décide de rentrer au karting.

Sur la route, on voit un garçon, un peu plus jeune que nous, se faire frapper. Augustin et Adrien courent éloigner celui qui frappe, Antoine prend le plus jeune et l'emmène auprès de moi. Je rassure le plus petit mais je me lève dès que mon frère se prend un coup. Ce sont finalement nos parents qui nous séparent. Après quelques explications, le moment des au revoir a sonné. Enfin pas tout à fait, puis qu'on échange nos numéros de téléphone avant ces quelques derniers mots :

- On est comme les quatre mousquetaires ! Unis, et on protège les autres ! *nous dit Augustin fièrement.*

- C'est les trois mousquetaires, Augustinounet… Et on ne devrait pas être fier de se taper dessus…

- Bah non. Athos, Portos, Aramis et D'Artagnan. Tu vois Gwen.

- Tu as raison, mais c'est les trois mousquetaires !

- Eh bien, nous on serra les quatre mousquetaires. *réplique Antoine pour nous mettre d'accord.*

- Envers et contre toutes les références littéraires. *continue Adrien.*

- Alors, entre nous ce sera un pour tous et tous pour un. Promesse de Normande.

On descend sur Monaco ce week-end. Je vis en internat près du Castellet avec Adrien et Antoine. Quand c'est possible, Augustin vient nous voir ou on va chez Augustin ; on essaie de faire ça une à deux fois par mois. J'ai hâte de le retrouver parce que même si on s'appelle souvent sur notre groupe WhatsApp, ce n'est pas vraiment la même chose. J'ai eu une idée un peu folle et je veux en parler aux garçons ce week-end.

Augustin me saute dans les bras à notre arrivée.

- **Tu m'as manqué Gwenounette.**

- **Toi aussi Augustinounet.**

- **Vous vivez trop loin de moi.**

- **Et si on achetait un appartement tous les quatre. Pour nos 18 ans.**

- **C'est une idée de génie ça, princesse.** *répond Antoine*

Le regard d'Augustin change quand il entend ce surnom.

<u>*16 janvier 2018*</u>

On est sur Monaco pour déménager dans notre nouvel appartement. Nous avons eu l'aide de nos parents pour le financement, et d'amis de la famille d'augustin pour trouver l'appartement. On vient de monter les derniers cartons. On a entièrement peint l'appartement nous- mêmes. Antoine ayant fini de ranger ses affaires, il m'aide avec les miennes.

Il ne nous faut pas cinq minutes pour nous battre dans mon lit.

- **Tu me chatouilles Toitoine.**

- **C'est le but, princesse.**

- **Bon, le couple vient manger ?!** *Augustin vient de nous interrompre froidement.*

- **Augustin ! Attends, c'est pas ce que tu…**

- **Ce que je crois ?! Il était allongé sur toi !**

- **C'est comme un frère pour moi, on jouait.**

- **Je te crois.**

Dans ses yeux, je peux voir qu'il ne le pense pas mais je fais avec.

<u>*07 mars 2021*</u>

On est dans les paddocks, mon frère est en combi, dans le garage Alpha- Tauri ; La Red-bull academy a enfin reconnu son talent.

Je suis tellement heureuse et j'ai tellement peur… Peur de le perdre, dans un accident, mais aussi et surtout à cause de la distance. Je suis encore loin d'être en F1, lui y est ! Cela signifie qu'il va être si souvent loin de moi, loin de Monaco.

Il n'est pas encore en voiture, j'en profite pour lui faire un câlin. Mais ça ne suffit pas à calmer mes frayeurs.

Je vais me caler dans les bras d'Antoine. Je sais que lui, il ne posera pas de questions.

Pourtant après le grand-prix, Antoine me prend à part, le temps qu'Adrien fasse son débriefing.

- Qu'est-ce qui se passe dans ta petite tête ?

- J'ai peur

- Peur ? Tu as peur de quoi, princesse ?

- De le perdre, de vous perdre…

- Je ne comprends pas.

- Je suis une fille. Vous montez les niveaux plus vite que moi. Vous partez tous loin et moi, je reste là. Adrien est en F1 et, Augustin et toi êtes en F2. Vous arrivez à combler le rêve des 4 mousquetaires. Mais sans moi…

- Ce sera avec toi ou jamais complètement accompli ! Moi, je serai toujours là, Adrien aussi. Et Augustin, bah c'est Augustin. Il sera là, jaloux de notre relation, mais il sera là. On sera là !

- Merci. Tu es le meilleur, Antoine.

Suite à cette conversation plus que nécessaire, on part fêter cette première course en F1. Cette première victoire pour les 4 mousquetaires.

Deux mois sont passés, et aujourd'hui, nous sommes réunis ici et vêtus de noir. Augustin vient de perdre son papa. A l'appartement tout est silencieux. Augustin s'est endormi sur mes genoux. Adrien et Antoine cuisinent. Enfin, Adrien est plutôt en train de regarder Antoine faire la cuisine.

J'ai tellement mal pour Augustin. Je vois qu'Antoine et Adrien souffrent autant que moi de cette perte. Jules, le papa d'Augustin, nous a beaucoup aidés, que ce soit entre nous et dans la vie de tous les jours, ou bien dans l'automobile. On l'aimait tous énormément. Mais si nous sommes tous les trois dans cet état, je n'imagine même pas la douleur d'Augustin, il a tout perdu. Il a perdu Jules en tant que phare et repère mais aussi et surtout, Jules en tant que papa.

On m'a toujours dit que la perte d'un proche laissait un grand vide ; mais qu'est-ce que ça peut-être quand on perd quelqu'un de si proche, un parent ou un frère ?

Rien qu'en imaginant la douleur d'Augustin, en la voyant marquer ses traits, une larme coule le long de ma joue. Celle-ci tombe sur la joue d'Augustin, glissant le long du chemin tracé par ses propres larmes un peu plus tôt.

J'espère qu'il se relèvera en sachant que Jules le protège de là-haut.

Première course d'Augustin en Formule 1 ! Je suis dans son box avant la course. Il s'approche de moi, casque en main et me serre dans ses bras. Je sens qu'il est très stressé.

- **Que se passe-t-il Augustin ?**

- **J'ai peur de le décevoir… Papa. Et puis, il y a vous. Si j'étais pas la hauteur, si je n'y arrivais pas, si l'équipe choisissait de ne pas me garder.**

- **Arrête avec tes "si" Augustin. Tu vas y arriver. Tu vas le faire.**

Je resserre mon étreinte, prends son casque et l'enfile sur sa tête. Il s'assied dans sa voiture, je tape deux fois sur son casque et finis par rejoindre Antoine.

A la fin de la course, je pars me mettre à l'écart après avoir félicité Augustin et Adrien.

- **Gwen ?**

- **Je n'y arriverai jamais, Antoine…**

- **Qu'est-ce que tu racontes ? On va tous aller en F1. Tous ensemble.**

- **Je n'ai pas la mentalité d'Adrien, ni le courage d'Augustin, ni ta maturité.**

- **Mais ça ne serait utile pour personne. Avoir deux Adrien, deux Augustin, deux moi, deux Oliver Hawkins ou deux Ludwig Volf. Et ils sont champions du monde, Princesse.**

Il m'embrasse la joue et me chuchote qu'Adrien est là. Antoine s'éloigne et mon frère me prend dans ses bras.

- Antoine, tu m'emmènes où ?

- C'est une surprise.

- Mais c'est ton anniversaire, pas le mien. C'est donc moi qui dois te faire une surprise, pas l'inverse.

Il retire le foulard de mes yeux et j'ai le souffle coupé. Devant moi s'étend une cabane au milieu des bois. Un cerisier du Japon se trouve devant moi, au milieu d'un carré d'herbe tondue.

- Ce sera notre endroit à nous deux. *me souffle Antoine à l'oreille.* A chaque fois que l'un de nous ira mal, on viendra ici. Si je suis à l'autre bout du monde, ou l'inverse, en venant ici, on sera d'office avec l'autre. Il y aura toujours une part de nous ici.

- Et comment je reviens ? Tu ne m'as pas dit où on est.

- Depuis chez moi, tu vas au circuit du Castellet, c'est à côté, ensuite, tu prends le bus 7, c'est le septième arrêt, tu suis le sentier dans les bois, il n'y a qu'une cabane. La seule autre personne plus ou moins au courant d'où on est : c'est ma maman.

Je le serre dans mes bras avant de me retourner vers lui.

- Maintenant tu vas ouvrir mon cadeau !
- Gwen, c'est une bague ?!
- Oui, une bague de promesse. La promesse que je serai toujours là, présente pour toi, ta meilleure amie quoi.
- Merci beaucoup Princesse !

Il passe l'anneau autour de son index et m'embrasse sur le front. On passe le reste de la journée ici avant de rentrer. On rejoint Monaco et l'appartement pour une bonne nuit de sommeil.

Le lendemain, Augustin me nie complètement au matin et part chez sa mère.

- Adrien, Antoine, on peut parler ?! *Les garçons me rejoignent en quatrième vitesse. Adrien prend la parole.*

- Que se passe-t-il ?

- Je ne comprends plus Augustin.

- 	Il a peur de te perdre à mon avis. Tu passes beaucoup de temps avec moi, il a peur que tu l'oublies. *me dit Antoine.*

- 	Je vais faire gaffe à passer du temps avec lui.

Je suis avec Augustin dans le paddock de F2. On est à SPA, Antoine roule donc sur le même circuit qu'Augustin et Adrien.

Je me dépêche de rejoindre Antoine avant qu'il monte dans la voiture. Notre rituel est sacré.

- **Tu reviens entier.**

- **Promis ! Tu me gardes mon bracelet ?**

- **Comme d'habitude.**

- **Je veux te demander quelque chose. Si je ne reviens pas, tu devras trouver un quatrième mousquetaire.**

- **Mais tu vas revenir, donc pas de risques.**

- **Gwen, tu le sais autant que moi, pas de risque zéro dans ce sport. Je préfère parler pour rien que de ne rien dire.**

- **Promets-moi de revenir.**

- **Je vais faire de mon mieux**

Je le serre dans mes bras et retourne auprès des autres garçons. Les tours s'enchainent et Antoine se débrouille bien. Je suis sûre qu'il l'aura, sa place en Formule 1.

Tour 25 on est à la mi-course. Le pilote derrière Antoine le colle, la tension et le stress montent dans mon corps. Les pneus des deux voitures entrent en contact. Les voitures glissent chacune d'un côté de la piste. Je cherche des yeux la voiture numéro 91, celle de mon meilleur ami. Je la vois rebondir dans le mur. Une troisième voiture la percute, Antoine s'envole avec sa voiture pour une série de tonneaux. Les secours arrivent sur la piste mais plus aucune information n'entre dans mon cerveau.

Il le savait, il le sentait, c'est pour ça qu'il m'a confié ma mission. Pourquoi est-il monté dans cette putain de voiture ? Pourquoi a-t-il pris autant de risques? Il ne peut pas nous abandonner ! J'ai besoin de lui ! Même si j'espère entendre qu'il va bien, je vois au visage d'Augustin et d'Adrien que ce n'est pas l'information que je vais recevoir. Et quand leurs mots atteignent mes oreilles, je m'effondre. Plus rien n'a d'importance, je n'ai qu'une idée en tête. Rejoindre notre cabane.

Je reste pour l'hommage le lendemain, c'est à l'hommage que la maman d'Antoine me prend à part et dépose quelque chose dans ma main. J'entrouvre mes doigts et y repère l'anneau que je lui avais offert. Les larmes montent et je regarde le visage de sa maman, juste en face de moi.

- **Une promesse est une promesse Gwen, il sera toujours là pour toi. Différemment, mais toujours là pour te protéger.**

Après ce petit moment hors de tout temps, a lieu l'hommage. L'hymne français résonne sur le circuit et dans toutes les tribunes, et j'ai beau aimé cet hymne qui est le mien, aujourd'hui, il me dégoute. C'est après que je peux enfin prendre ma voiture et rejoindre notre coin perdu.

En entrant, je trouve une lettre à mon nom sur la table de la salle à manger. C'est l'écriture d'Antoine !

Si tu lis ces mots, c'est que mon intuition était vraie. Je sais d'avance que tu vas râler que je sois monté dans la voiture. Mais j'avais un contrat en F1, je ne voulais pas ruiner cette chance pour un doute. Alors pardonne-moi. Je sais que tu as peur et que tu as l'impression que je t'ai abandonnée. Mais je
sais aussi que pour moi, tu arriveras en Formule 1. Tu gagneras, tu seras championne du monde et tu me rendras fier. Je suis fier de toi et de ton courage.
Gros bisous Princesse,
Antoine.

Je pleure et après quelques jours passés ici, je m'arrange avec un jeune du coin pour que le jardin et la cabane soient toujours en état. Il accepte avec plaisir en échange d'une belle rémunération. Cela va prendre énormément d'argent dans mes économies. Mais Antoine vaut bien plus que tout l'or du monde.

Avec tout ça, je n'ai même pas suivi la course des garçons, j'espère vraiment pour eux que ça c'est bien passé.

Depuis quelques courses, des recruteurs Ferrari viennent observer le championnat auquel je participe. Je n'ai pas encore fait un seul pas de travers, mais je ne me fais pas de faux espoirs…

C'est la dernière course du championnat aujourd'hui. Il faut que je fasse bonne impression, et jusqu'au bout !

En plus, mon plus grand concurrent, Khylian, n'est pas loin derrière au classement.

La course se passe à merveille, plus que dix tours et je serai officiellement championne avec un sans-faute.

Quand, dans un énorme virage, je sens que mon volant ne répond plus.

Je sens la voiture partir tout droit. Je ne contrôle plus rien. Je vois le mur se rapprocher. Je sens une boule dans mon ventre se former. Plus le mur approche, et plus la boule grossit. Je me raidis. Je ferme les yeux, et j'espère. J'espère ne pas finir comme lui. Ne pas finir comme Antoine. Je l'aime et je voudrais le rejoindre ; mais je ne veux pas que ce mur me tue. Je ne peux pas mourir comme Antoine. Pour Adrien, pour ma famille et celle d'Antoine, pour mes frères, et pour Vincent, le petit frère d'Antoine. Pour eux… C'est pour eux que je vais m'en sortir.

Je sens que le véhicule percute le mur. Je rouvre les yeux, j'ai des crampes dans ma main et dans mes bras tellement j'ai serré le volant entre mes mains, mais je n'ai mal nulle part ailleurs.

J'entends dans ma radio qu'on me demande des nouvelles. Je réponds que je vais bien pendant que je sors de la voiture.

Les médecins examinent mon état, et heureusement je n'ai rien. Je rejoins mon équipe au stand pour prévenir que je vais appeler mon frère. Si physiquement je n'ai rien, je sais que lui pourra réparer tout ce qui est psychologique.

Je prends mon téléphone et appelle Adrien. Il ne lui faut pas une seconde pour décrocher.

- **Allo sœurette ?**

- **Salut Adrien.** *ma voix tremble et j'ai envie de pleurer*

- **Tu as déjà fini ta course ?**

- **Oui, je me suis pris un mur donc ça à vachement raccourci mon temps de course…**

- **Pardon ?! Et tu vas bien au moins ?**

- **Oui, ne t'inquiète pas les médecins m'ont examinée et…**

- **Pas physiquement ! Moralement tu tiens le coup ?**

- **Oui, tout va** *je fonds en larmes* **très bien.**

- **Ok. Maintenant je veux la vérité.**

- **Depuis l'accident, j'ai plein de flashbacks. Je revois tous les moments qu'on a passés avec Antoine. Mais je revois aussi son accident…**

- **Tu veux qu'on en parle ?**

- **Peut-être mais pas maintenant.**

- **Pourquoi ?**

- **La course est finie, je dois aller féliciter le vainqueur de la course et du championnat.**

Je me ressaisis, essuie mes yeux et m'approche de Khilyan pour le féliciter. Je

pars me mettre dans ma driver room le temps de décompresser.

Il y a un apéro après chaque championnat et je me dois d'être présente.

Je vais m'habiller d'une magnifique robe rouge, qui m'arrive au niveau du genou. Elle est légèrement évasée.

Je me suis maquillée pour cacher les cernes sous mes yeux hantés par mes souvenirs encore si douloureux.

J'arrive et on m'offre le champagne d'accueil. J'avance et tente de trouver des "amis" qui ne seraient pas en train de parler avec le nouveau champion.

Khilyan me repère et vient vers moi.

- **Bien le bonsoir Gwen…** *Il a un sourire narquois voir provocateur*
- **Bonsoir Khilyan**
- **Tu nous as montré tout ton talent aujourd'hui.**
- **Je vais bien, c'est le plus important.** *mon poing se serre*
- **Oui et au moins la place chez Ferrari est pour moi.**

Je lui souris mais intérieurement, je n'ai qu'une envie : lui envoyer mon poing dans la figure pour effacer ce sourire hypocrite et provocateur.

Heureusement, avant que je perde mes moyens, un serveur vient nous interrompre.

- **Excusez-moi mademoiselle. Quelqu'un souhaiterait vous voir dans la salle privée à l'étage.**
- **Il n'y a aucun problème, j'arrive de suite. Passe une très bonne soirée Khilyan.**

Je me dirige vers l'étage en pensant qu'Adrien veut me voir en privé. Pour ne pas causer trop de rumeurs sur ma place ici.

Quand j'arrive en haut des escaliers c'est un homme en costume noir qui m'attend. Je ne connais pas. Il m'invite à m'asseoir.

Il s'assied en face de moi. Il parle anglais mais a un accent italien très fort. Je maitrise très bien anglais. Il me regarde et commence à discuter.

- Vous êtes bien Mademoiselle Gilain ?
- Oui, c'est bien moi. Et vous, vous êtes ?
- Ce n'est pas très important. Vous nous avez beaucoup impressionnés cette saison, pour tout vous dire
- Je ne trouve pas avoir fait du bon boulot vous savez. Je pense avoir montré aujourd'hui que j'étais loin d'être parfaite.

- Nous ne cherchons pas la perfection mais le talent et la fierté. Ces qualités, nous les avons retrouvées dans vos courses cette saison. Ne soyez pas aussi défaitiste.

- Vous êtes sûr de vous ?

- Oui et vous devriez l'être. Si un crash ne vous empêche pas d'être avec nous ce soir, c'est que vous avez la force d'encaisser les coups. Si vous n'aviez pas été là à la réception, le contrat aurait été pour votre concurrent.

Il me tend une enveloppe avec un contrat à l'intérieur. J'ai trois semaines pour donner ma réponse. Je le remercie et redescends, au milieu de tout le monde.

Je décide de rentrer à mon hôtel. Je vais donc remettre ma flûte au bar. J'appelle un taxi qui me dépose à l'hôtel.

Je compose le numéro de mon frère en sachant que je risque de le réveiller.

- **Putain Gwen ! Il est 1h30 du matin !** *sa voix est rauque*

- **Où es-tu ?**

- **A l'appart à Monaco.**

- **Le 14 boulevard Albert 1er ?**

- **Non, chez Augustin. On y est jamais retourné à l'appart des quatre mousquetaires.**

- **Je suis là dans une heure !!! Information importante, Augustin ne doit pas être là.**

- **Tu veux que je le dégage de chez lui ?!**

- **Oui. J'arrive, je suis dans la voiture.**

Je lui raccroche au nez et démarre ma voiture.

J'arrive à Monaco. Je me suis garée devant l'immeuble d'Augustin. Je monte jusqu'à la porte et je sonne.

Adrien m'ouvre, des cernes énormes sous les yeux. Je lui tends le contrat. Je l'avais lu pendant le trajet en taxi jusqu'à mon hôtel après la soirée.

Il s'assied sur le lit et me regarde avec des yeux ronds.

Le courrier qui accompagne le contrat explique que Oliver Hawkins est parti auprès d'Adrien chez Racing-Bull, prenant la place de Kenji Sato qui part donc chez Alpine suite au départ de Doohan. On me propose donc un baquet sur la grille dans l'écurie de Ferrari. Ce qui est incroyable.

On en a parlé longtemps avant que j'envoie une réponse affirmative à la Scuderia.

Je souhaite une bonne nuit à mon frère et remonte dans ma voiture. Direction mon logement de ce soir.

Je me gare en bas de mon immeuble. Je prends l'ascenseur pour monter au dernier étage.

Quand j'arrive devant la porte, mes mains tremblent. Je suis devant notre appartement ; celui d'Augustin, Adrien, Antoine et moi.

La porte se remarque dans le couloir, parce qu'on l'a décorée. On a peint cette porte, on y a dessiné nos logos, et depuis l'accident d'Antoine, on ne l'a plus ouverte.

Malgré ma main qui tremble, je glisse la clef dans la serrure. J'ouvre la porte et je rentre. Rien n'a changé à l'intérieur. La poussière s'est un peu installée sur les meubles

Dans le salon, le plaid pour quatre est plié sur le canapé et les coussins sont joliment superposés à l'opposé. La télécommande est sur la table basse bien centrée. Sur cette même table basse, nos quatre sous-verres sont alignés, dans l'ordre dans lequel on s'installait automatiquement.

Du salon, je vois la cuisine ouverte. Les armoires sont sûrement vides, elles l'étaient toujours. Mes appareils de cuisine n'ont pas bougé. Je passais des heures à cuisiner plein de bonnes choses quand les garçons jouaient aux jeux vidéo.

Je rentre dans le couloir, et les cinq portes sont fermées. La seule qui n'est pas décorée, c'est la porte de la salle bain. Les autres, ce sont celles de nos chambres respectives. Chacun avait peint la sienne. On s'était aidé de pochoir pour les motifs plus complexes, mais on l'avait fait nous-mêmes.

Je pose ma main sur la poignée de ma chambre, mais je m'arrête. Je veux finir le tour de l'appartement avant de me plonger entièrement dans mon passé.

Je retourne dans le salon. J'avais volontairement tourné le dos à la porte vitrée qui menait au balcon.

Je me retourne et la première chose qui me saute aux yeux c'est le piano toujours ouvert. Le cahier posé dessus est ouvert sur une partition. A côté du piano, sur leurs supports, se trouvent les guitares d'Augustin et d'Antoine.

J'ouvre la porte fenêtre, et l'air frais me fait du bien. La nuit est tombée et le ciel est très étoilé. La table est dans un coin du balcon. Je décide donc d'aller m'asseoir de l'autre côté, contre la porte fenêtre, et d'observer les étoiles.

C'est ici qu'Antoine m'a appris à reconnaître les constellations et les étoiles. C'est aussi ici qu'il m'a montré une toute petite étoile pas loin de l'étoile du berger. Elle brille beaucoup moins fort mais à ses yeux c'était la plus importante de toutes. Il imaginait que toutes les personnes qu'on aime et qui nous ont quittés pour toujours, nous y attendent et nous protègent.

Pour moi, cet endroit sur le balcon me rappelle tant de souvenirs : cette façon de s'asseoir par terre alors que les chaises sont à environ cinq mètres de moi, toutes les soirées où quand j'étais triste et déprimée, Antoine attrapait sa guitare et venait près de moi. Il commençait à jouer sans rien dire. La musique m'apaisait et quand je me sentais un peu mieux, j'accompagnais la guitare de ma voix. Parfois Augustin jouait du piano ou de la guitare avec nous. Ce n'est que le moment musical passé qu'Antoine me demandait si je voulais en parler.

Je continue de regarder les étoiles, assise ici, toute seule. Depuis trois ans, la même question me tourne en tête. Depuis trois ans, elle me détruit. Depuis trois ans, je veux savoir. Je veux savoir pourquoi lui ? Pourquoi nous ? On n'avait rien fait de mal, rien demandé à personne. On ne faisait que vivre notre vie ensemble. Nous étions heureux tous les quatre, on vivait de notre passion. Quand un jour, on nous l'a enlevé. Le destin nous a pris Antoine. J'aurais voulu que cet accident n'ait pas lieu.

Quelque chose me hante depuis l'accident. Quelque chose dont Augustin et Adrien ne savent rien.

Nous avions tous les quatre un bijou, un accessoire de mode. La chaîne d'Adrien avec son crucifix ; la bague qu'Augustin porte toujours à son index ; la simple chaîne qu'Antoine portait autour du poignet et mon collier, un simple cœur en pierre rose translucide et nervuré accroché à une longue chaîne autour de mon cou.

Avant chaque course, on devait retirer nos bijoux. Augustin et Adrien les laissaient dans leurs driver-rooms, mais Antoine et moi, c'était différent. Je rangeais mon collier dans la poche intérieure de ma combinaison. Quant à Antoine, lui, il me confiait son bracelet. Tout ça, Augustin et Adrien le savent.

Ce qu'ils ne savaient pas, c'est que quand je recevais le bracelet, je recevais aussi une consigne. Et je l'entends encore. "Si je ne reviens pas, tu es chargée de trouver le nouveau quatrième mousquetaire".

Je ne l'ai jamais fait, par peur de la réaction de mes deux acolytes.

Je finis par me lever pour regagner ma chambre. Rien n'a bougé à l'intérieur. Ma garde-robe est encore pleine, les quelques photos que j'avais collées sur mon miroir y sont toujours, et mon lit est fait aux couleurs d'Harry Potter. J'étais une très grande fan.

En voyant mes photos, je ne peux m'empêcher de retourner voir dans le couloir si notre mur de photos en commun était toujours là. Bien sûr qu'il est là, il n'a pas bougé. On avait tellement de photos qu'on avait dépassé du mur et que tout le couloir commençait à se faire envahir.

Quitte à continuer ce retour dans le passé, je suis retournée près du piano, la partition c'est celle de ***Lady Melody*** de Tom Frager.

J'ai décidé de prendre une photo de la vue du ciel depuis le balcon, et je l'ai mise en story avec la musique Lady Melody et *"I'm back and you ? <3"*

> *"Yeah, yeah-eah-eah ! J'me*
> *laisse aller souvent C'est vrai,*
> *j'attends*
> *Que passe le mauvais temps Et*
> *qu'on fasse comme avant*
> *J'suis pas certain d'avoir trouvé ma place J'suis*
> *pas certain, mais pour éviter la casse J'ai trouvé*
> *ma p'tite lady mélody*
> *Wow-oh, oh, oh ! Elle est*
> *dans ma tête*
> *Elle ne m'abandonne jamais Je la*
> *trouve encore plus belle Quand elle*
> *s'habille en reggae Elle me suit*
> *À chaque voyage loin d'ici Elle*
> *est ma lady mélody Ma p'tite lady*
> *Elle est ce qui me reste Quand j'ai*
> *déjà tout essayé*
> *Elle chante quand la vie me blesse Et je*
> *chante à ses côtés*
> *Dans les orages, les tempêtes*
> *Jamais elle ne m'a quitté, quand je m'arrête*
> *D'avancer, j'ai trouvé*
> *Elle est le soleil que j'attendais" (Lady*
> *Melody, Tom Frager)*

Après toutes ces émotions, je vais enfin dormir.

Trêve Hivernale 2025

    Il est 9h du matin. Je me réveille et regarde mes messages. Adrien et Augustin ont réagi à ma story.

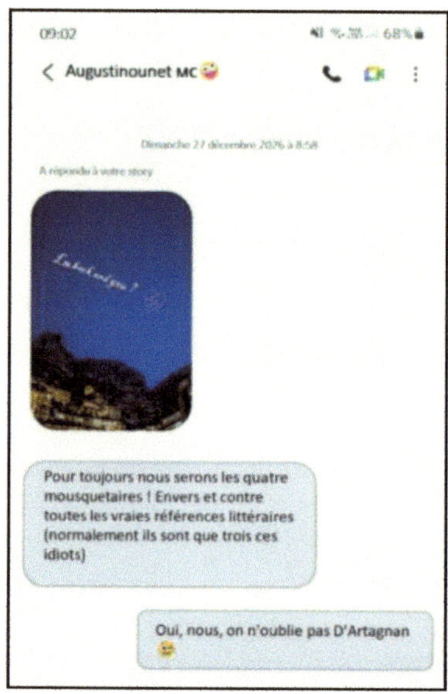

Après avoir petit-déjeuner, je me suis décidée à partir courir.

Quand je rentre, il est déjà midi. Je décide donc d'aller prendre ma douche, manger un bout et puis d'aller me promener dans cette ville qui me tient tant à cœur.

Je porte un sweat mauve pastel et jeans avec mes baskets blanches, mauve pastel et bleu pastel. Je prends aussi une veste pour avoir une couche en plus si la journée est froide, on est quand même en décembre.

Je me suis promenée en ville, et maintenant je suis au port. J'observe les énormes yachts et la mer juste derrière.

Je sens deux bras me soulever du sol pour me faire tourner avant de me déposer au sol. J'ai reconnu son parfum. Une des deux seules personnes dans les bras de qui j'ai pleuré après la mort d'Antoine.

Je ne l'ai plus vu depuis la trêve hivernale passée. On n'était pas au même endroit et trop occupés par nos championnats respectifs.

Quand je me retourne, mes yeux se fixent dans ses yeux verts. Il passe une main dans ses cheveux bruns. Je vois directement la bague qu'il porte à son index. Il chipote à celle-ci, il a ce geste inconscient à chaque fois qu'Antoine ou le groupe lui manque.

- **Salut Gus.**

- **Salut Mini-A.** *on sourit tous les deux à ce surnom qui date tant*

- **Tu passes une bonne journée ?**

- **Oui, je suis content de revoir ma petite mousquetaire.**

- **Je suis contente de te revoir. Tu veux qu'on aille boire un café ?**

- **Je veux bien un café.** *il me regarde comme s'il n'osait pas me poser une question*

- **Quelle est ta question ?**

- **Tu y es vraiment retournée ?**

- **Où ?**

- **Dans notre appartement…**

-       Oui, c'était difficile mais ça m'a fait du bien.

-       On peut aller le boire là-bas le café ?

-       Bien sûr Augustin.

J'attrape sa main et l'emmène devant la porte. Je lui tends les clefs pour qu'il puisse aller à son rythme.

Il ouvre la porte, et comme moi, il prend le temps de tout observer. Je le suis sans dire un mot. Il rentre dans sa chambre et, en ressortant, il se dirige vers le mur de photo. Quand il voit toutes les photos, je remarque qu'il retient une larme. A un moment, il passe devant la porte de la chambre d'Antoine et s'effondre. Il est à genoux devant la porte et il pleure, il pleure toutes les larmes de son corps.

Je l'attrape et le tire dans mes bras. Je passe ma main dans son dos et le caresse tendrement. Je sais que ça fait mal, mais je sais aussi qu'il le faut. Il faut que ça sorte. Il s'agrippe à mon sweat, et moi ? Moi je ne bouge pas. Je suis là pour entendre et comprendre sa douleur.

Après dix, quinze minutes à rester debout dans le couloir et pleurer, il me demande si on peut prendre ce fameux café pour discuter.

On s'est donc dirigé vers la cuisine. J'ai allumé la machine à café, et tenté de trouver miraculeusement du café pas périmé dans le peu qu'il y avait dans les armoires.

Il s'est assis sur le canapé et je suis arrivée avec nos deux tasses. On a automatiquement pris les mêmes places qu'à l'époque.

-       Comment es-tu arrivée à passer à autre chose ?

-       Mais je ne suis pas passée à autre chose Gus. Si tu veux tout savoir, il me manque tellement que ça me hante. Je ne dors plus la nuit, et j'ai des flashbacks à chaque fois qu'il y a un drapeau jaune ou rouge.

-       Je ne savais pas que tu en étais encore à ce point-là, Beauté...

-       Tiens nouveau surnom ?!

-       Je me dois d'être fort devant tout le monde, alors que je suis détruit à l'intérieur. Je n'ai pas toujours envie que toi, Adrien et

même parfois moi roulions, je n'ai pas envie qu'on monte dans la voiture. *me dit Augustin les larmes aux yeux*

- **Pourquoi ne nous l'as-tu jamais dit ??**

- **Parce qu'Antoine m'a confié la mission qu'on continue même sans lui. C'est pour lui que je n'ai rien dit.**

- **Ecoute, je comprends. Il faut continuer pour lui. Notre douleur s'apaisera avec le temps.**

- **Promis ?**

- **Je te le promets Gus mais je ne sais pas dans combien de temps.**

- **Adrien, il va mieux, lui. Il m'a dit que remplir la mission qu'Antoine lui avait confiée l'avait beaucoup aidé.**

- **On n'a qu'à faire ça alors.**

Il me serre dans ses bras et me souffle un petit oui.

Je lui propose de rester dormir. C'est comme ça qu'on s'est retrouvés tous les deux à ressasser le bon vieux temps.

Nous avons parlé toute la nuit. Il est actuellement 5h du matin, on n'a toujours pas été se coucher, et on discute d'où on fêtera noël et nouvel an. On va proposer à nos familles de faire noël tous ensemble. Le jour de l'an, les garçons ont une soirée avec tous les pilotes de la saison 2025. Augustin m'a proposé de venir et j'ai accepté. Peut-être que je rencontrerai des amis que je retrouverai dans les paddocks pendant la saison 2026.

Je ressens la nuit blanche, et plus la journée passe, plus elle me semble longue.

Ce soir, je prends l'avion pour aller passer une semaine en Italie. Je vais découvrir ma future écurie sous toutes ses formes.

Il est 19h, je monte dans l'avion. Je m'endors. Quand j'arrive à Milan, il est 22h.

Je prends directement un taxi pour mon hôtel à Maranello, récupère la clef de ma chambre et monte dormir. Il est quand même 00h40.

Aujourd'hui, Giuseppe Belagio, le directeur d'équipe, vient m'accueillir. Il me présente l'équipe et la voiture. Il m'explique comment l'écurie fonctionne et les règles dans les paddocks, même si je les connais déjà un peu : mon frère pilote depuis un petit temps maintenant.

L'un des éléments les plus importants de la visite est la visite de la piste d'entraînement. Cette piste rassemble les virages les plus complexes des circuits de F1. Je reconnais au virage 7 une courbe de spa. Monza, Monaco sont aussi présents. Ces circuits sont tellement importants pour moi.

Il est midi et Giuseppe m'invite à manger avec lui avant que je ne reparte.

- Alors Gwen, l'écurie te plaît ? *Me demande-t-il tout sourire*

- Oui, elle me plaît énormément. *il y a un petit détail qui me tracasse mais j'en parlerai plus tard*

- Quelle est ta question, jeune demoiselle ?

- Ma question ? On lit tant que ça sur mon visage ?

- Je suis doué pour ça, c'est tout. Alors dit moi… *il est calme et rassurant*

- Quel est l'avis de l'écurie sur les relations entre les pilotes d'écuries différentes ?

- Je souhaite être au courant. Pas de la nature même de votre relation, mais je ne veux pas apprendre sur les réseaux sociaux que tu passes ta vie avec ton meilleur pote, Oliver.

- Oliver… Je ne comprends pas ?!?

- Le fait que tu sois la meilleure amie d'Oliver ou sa petite copine je m'en fous. Mais je veux savoir que tu passes beaucoup de temps avec lui, pouvoir me préparer pour la presse. Bien sûr Oliver est un exemple parmi d'autres.

- Alors tout va bien, *ma voix est rassurée,* je vous souhaite une très bonne après-midi Giuseppe.

- Merci à toi aussi.

On se serre la main et je quitte l'usine.

J'appelle Adrien pour voir si je peux passer le reste de ma semaine chez lui, au lieu de la passer à l'hôtel. Il est rentré à Milan où il vit depuis l'accident d'Antoine, à peu près. L'excuse officielle est qu'il est plus près de l'usine.

Il accepte et me donne son adresse, que je ne connais pas par cœur, je n'y vais que rarement. D'habitude, c'est lui qui vient.

J'ai passé deux heures et demie de taxi à dormir pour rattraper tant bien que mal mon manque de sommeil.

Quand je sens le taxi ralentir, je regarde autour de moi. Je suis de retour à Milan, et la maison devant moi est magnifique. Je n'arrive pas à croire que mon frère habite là.

Je paye le chauffeur et sors ma valise du coffre. Je me suis à peine retournée que des bras m'attrapent et me soulèvent du sol.

Mon frère me repose au sol et attrape ma valise pour la rentrer. Avant de passer le seuil de sa porte, je lui ébouriffe ses cheveux blonds si bien coiffés.

- **Tu sais que je n'aime pas qu'on me décoiffe sœurette ?...**

- **Ah bon ?...** *j'ai un regard très joueur.* **Et tu vas me faire quoi ?**

- **La vengeance est un plat qui se mange tiède, Gwen**

Nous sommes arrivés dans son salon. Il pose ma valise, et attrape mes épaules. Il me pousse sur le divan, attrape le coussin posé à côté de moi, et me frappe avec. Je n'ai pas le temps de l'éviter et me le prends en pleine tête.

Je lui arrache le coussin des mains et me mets à courir après Adrien. Je le touche enfin avec le coussin. Ses yeux bleus sont remplis de joie.

- **Monsieur Gilain, vous êtes un vrai gamin.**

- **Et pas toi ?** *je rigole* **Qu'est-ce qui te fait rire comme ça ?**

- **Non je suis sérieuse moi. Franchement, tu aurais dû me laisser tranquille parce que là, tes cheveux ne ressemblent plus à rien.**

Il m'invite à m'installer dans la chambre d'ami après m'avoir fait visiter la maison.

J'entends mon frère frapper à la porte de la chambre. Il rentre sans attendre ma réponse, et m'annonce que je dois bien m'habiller car ce soir, nous allons au restaurant.

Le restaurant n'est pas hyper chic. C'est un restaurant traditionnel italien. Le serveur nous emmène vers une table à l'écart. Le repas se passe très bien. La nourriture est délicieuse.

Je veux profiter de ce si bon moment. Je décide donc de décaler la discussion que je voulais avoir avec Adrien à propos d'Antoine.

La semaine est passée trop vite. On est déjà le dernier jour et je n'ai toujours pas parlé à Adrien.

Je descends dans le salon. Mon frère est en train de jouer à la console. Quand il voit que je suis là, il pose son casque et sa manette et me fait signe de m'asseoir.

- **Qu'est-ce qui te tracasse ma belle ?**

- **Je veux te parler de quelque chose depuis le début de la semaine mais je n'y arrive pas...**

- **Dis-moi** *il a un regard interrogateur* **Que se passe-t-il ?**

- **Tu vis comment le départ d'Antoine ?**

- **Je ne sais pas vraiment... La douleur s'apaise un peu mais je n'ai jamais su retourner dans notre appartement à Monaco...**

- **Tu veux que je t'y emmène ? Augustin a trouvé ça plus facile que je sois là. Je peux le faire pour toi aussi, si tu veux.**

- **Je veux bien... Toi, comment tu le vis.**

- **Je ne souffre plus.** *des larmes perlent dans mes yeux.* **Je me sens mieux**

- **D'accord et maintenant la vérité ?**

- **Je fais encore des cauchemars et j'ai des flashbacks à chaque fois qu'il y a le moindre problème sur la piste.**

Je fonds en larmes dans ses bras. Je n'arrive plus à m'arrêter. Comme si enfin je pouvais lâcher ce que je garde depuis trois ans.

Je sens que lui aussi est en train de pleurer contre moi. Je n'ai aucune notion du temps qui s'écoule. On finit par s'endormir dans les bras l'un de l'autre.

J'ouvre les yeux et regarde l'heure. Il est dix heures du matin, je suis toujours sur le canapé. Mon frère dort à côté de moi avec son bras autour de moi.

Je tente de me dégager tant bien que mal, et pars à la cuisine préparer le petit déjeuner. Quand c'est prêt, je vais embrasser le front de mon frère et passer ma main dans ses cheveux. Il ouvre doucement ses yeux bleus, passe une main sur son visage, puis dans ses cheveux.

- **Salut, toi.** *Sa voix est cassée par le réveil.* **Tu vas un peu mieux ?**

- **Un peu et toi ?** *je lui tends une tasse de café fumant*

- **Un tout petit peu. Je viens avec toi à Monaco, c'est certain ! On part quand ?**

- **Dans deux heures mister-A**

Il mange vite un petit quelque chose, puis part se laver, s'habiller et préparer sa valise.

L'avion vient d'atterrir à Nice. Nous récupérons la voiture de location. Adrien insiste, depuis presque cinq minutes, pour que je le laisse conduire. Ce que je refuse totalement, il n'est clairement pas en état de le faire.

Une fois arrivés en bas de l'immeuble, je tends les clefs à mon frère.

- **Tu ne viens pas avec moi ?**

- **Si bien sûr.** *je lui souris tendrement.* **Mais je veux que tu le fasses toi-même et surtout à ton rythme.**

Il me sourit d'un sourire qui se veut sûr de lui. Ce n'est pas très efficace mais je pose quand même ma main sur son épaule.

Il sort de la voiture, et monte jusqu'à la porte. Il entre la clef dans le trou de la serrure, et s'arrête net.

Sa main tremble sur la poignée de la porte. Il baisse doucement la tête. Lui qui voulait toujours être fort devant tout le monde et pour tout le monde, il se sentait faible. Je ne vois pas ça comme une faiblesse, d'être triste à la perte de ceux que l'on aime, mais je dois me taire. Je dois le laisser progresser à son rythme.

Il finit par inspirer un bon coup, et rentre dans l'appartement.

Ses yeux parcourent la pièce principale de long en large. Ses iris bleues se déplacent entre la baie vitrée, la table de nos repas, le canapé et la table basse.

On voit qu'Augustin et moi sommes passés, mais nous n'avons rien déplacé. L'ordre était trop important pour Antoine.

Adrien avance vers le couloir. Il rentre dans sa chambre et va s'asseoir sur son lit.

- **J'aimerais revenir vivre ici...** *me dit-il ému*

- **Tu peux.**

- **Non, je veux dire comme avant. Toi, moi et Augustin.**

- **Tu veux que je l'appelle ?**

- **Je veux finir mon room tour d'abord.**

On finit le tour à notre aise. Quand d'un coup, en passant devant la console de jeux vidéo, Adrien s'effondre. Je n'ai jamais vu mon frère oublier toutes ses barrières et se laisser pleurer. J'essaie tant que je peux de le calmer, mais rien n'y fait, ça fait beaucoup trop de temps qu'il se cache de tout.

- **Adrien, s'il te plaît. Laisse-moi t'aider. Partage ta souffrance. On peut porter ce poids ensemble.**

- **NON ! je... je... je dois te pro... pro... protéger. Tu es ma sœur, je dois t'aider. Je t'ai déjà abandonnée une fois...**

Il repart de plus belle. Je ne sais plus gérer ça toute seule. Je décide d'appeler maman pour qu'elle m'aide. Elle est restée une heure et demie au téléphone avec Adrien. Pendant ce temps-là, je suis allée sur le balcon et j'ai mis mes écouteurs avec la musique à fond dans mes oreilles. Il pense m'avoir abandonnée parce qu'il est parti vivre son rêve. C'est grâce à lui, à son départ que j'ai continué à me battre, pour le rejoindre.

Je suis sortie de mes pensées par la baie vitrée qui s'ouvre. Je me retourne en m'attendant à voir mon frère. C'est pourtant Augustin qui vient s'asseoir à côté de moi.

- **Il m'a appelé pour pas te déranger** *me dit-il*

- **Il pense m'avoir abandonnée alors qu'il est ma bouée de sauvetage dans ce monde de mec.**

Il me sourit doucement, et passe délicatement sa main le long de ma joue. Je ferme les yeux pour profiter de ce contact. Il se lève soudainement. Moi je ne bouge pas. Quand il se rassoit, il commence à jouer les premiers accords de la chanson "tout nu dans la neige" de Vianney. J'ai commencé à accompagner sa guitare de ma voix. Des larmes coulaient le long de mes joues.

Après la chanson, on est rentré. Adrien était déjà dans sa chambre. J'ai dit bonne nuit à Augustin, avant de m'arrêter devant la porte de la chambre de mon frère. Je rentre sans faire de bruit. Le blond s'est endormi sur son lit, sans couverture et sans pyjama. Je le laisse tout habillé, mais le recouvre de sa couette et lui fait un bisou sur le front.

Quand je suis enfin dans ma chambre, je me mets en pyjama et m'assieds sur mon lit. Je sais très bien que je n'arriverai pas à dormir. Je fini donc par me lever et aller me coucher dans les bras de mon frère.

Je me réveille après une nuit de souvenirs. Mon frère gigote à côté de moi.

- **Je me suis endormi seul dans mon lit, il me semble.** *Il a sa voix des matins difficiles*

- **Possible**

- **Je suis heureux que tu sois venue me rejoindre. J'en avais besoin.**

- **Il faut que je te dise quelque chose d'important Adrien...**

- **Je t'écoute ?**

-      Tu ne m'as jamais abandonnée. Ton départ m'a permis de garder la
       tête hors de l'eau quand j'avais envie d'abandonner.
       Tu m'as montré que mon rêve était atteignable. Plus jamais je ne veux
       t'entendre dire que tu m'as abandonnée et que tu as été un horrible
       frère. Adrien, tu es vraiment tout pour moi. Tu es mon frère, mon
       repère, mon collègue, mon meilleur ami, mon confident, la seule
       personne pour qui je donnerais ma vie. Une vie sans toi, c'est pas une
       vie. Je voudrais que tu me promettes que jamais tu ne me laisseras,
       même si je sais que c'est impossible avec notre métier. Alors je te
       demande juste de me promettre de ne jamais t'en vouloir de vivre ton
       rêve.

-      Gwen…
-      Promets-moi Adrien. Promets-moi que jamais tu n'abandonneras. Que
       jamais tu ne t'en voudras de vivre ce rêve. Promets-moi comme tu l'as
       promis à Antoine. Je t'en supplie Adrien, promets-moi…

-      Je te le promets Gwen. Je sais que tu as aussi promis quelque chose
       à Antoine.

-      Comment ?

-      Il m'a demandé d'être indulgent avec toi. Parce que toi, tu as la plus
       difficile des missions qu'il ait confiées à quelqu'un. Je comprends que
       tu la gardes pour toi mais si tu en as besoin, je suis là pour en parler.

-      Merci Adrien.

On reste allongé dans son lit à regarder le plafond. Le silence n'est pas gênant, il est plein d'émotions et rempli de tout ce qu'on voudrait partager mais pour lequel on est encore incapable de parler.

Quand on arrive dans la cuisine après notre discussion et dix bonnes minutes de silence, Augustin nous attend avec un petit déjeuner prêt sur la table. On déjeune pendant une heure.

-      **Aujourd'hui, c'est shopping pour Noël et Nouvel an.** *nous dit*
       Augustin.

-      **Avec plaisir.** *Je lui réponds.*

-      **Bon ok…** *répond Adrien.*

Je trouve une très jolie robe rouge, moulante. Elle m'arrive aux genoux et est fendue jusqu'au milieu de la cuisse.

Pour le repas de Noël, la famille Lechevalier est venue avec Adrien et moi en Normandie. Le repas était plein de rires et de joie, comme à l'ancienne époque. La famille d'Antoine s'est jointe à nous, rendant la fête d'autant plus agréable, et je sais, j'ai senti qu'Antoine était avec nous. C'était très vite devenu régulier. Le lieu changeait chaque année. Une fois chez Antoine, une fois chez Augustin, et une fois chez nous. Puis, on recommençait.

Le Nouvel an arrive beaucoup trop vite pour moi. J'espère que les différents pilotes vont m'apprécier. On est dans l'appartement d'Augustin et tout le monde est arrivé. Adrien m'emmène vers un premier groupe.

- Je vous présente Gwen, ma sœur. *Dit-il en repartant.*

- Enchanté, Timothy. Dis-moi, que fais-tu dans la vie ?

- La même chose que toi. *Je lui réponds.*

- Attends je vais te présenter au reste du groupe.

- Merci Timothy, parce que là Adrien m'a abandonnée…

- La grande asperge avec un accent anglais, c'est Lawrence. Le grand qui fait la fête tout le temps, c'est Keith. Le petit aux cheveux blonds, c'est Alex, mais ne te fie pas trop à sa couleur de cheveux, ça change tout le temps. Le métisse avec son chien, c'est Oliver, bon il est un peu plus vieux mais il est super sympa. Et le vieux qui s'avance vers nous avec Oliver, c'est Ludwig, ou Ludwi pour les intimes.

- Merci Timothy. *je ris des descriptions que Timothy m'a fait d'une partie de ses camarades* Enchanté, moi c'est Gwen la sœur "un peu" folle d'Adrien.

- Grande ou petite sœur ? *Me demande Oliver qui vient d'arriver à nos côtés.*

- Grande mais tout le monde m'appelle Mini-A…

- Normal tu es toute petite. *Ajoute Ludwig.*

- Un peu comme Timothy tu vas me dire.

- Voilà que Lawrence s'y met. *Râle Timothy*

La soirée avance, Adrien m'a présenté Kenji, son ancien coéquipier, qui est surtout un pote, si j'ai bien compris.

La soirée se finit dans une bonne ambiance. Certains discutent et d'autres dansent. Moi, je danse. Aux alentours de 2h du matin, tout le monde place et gonfle son matelas gonflable. Peu de temps après, tout le monde dort.

Je me réveille sur un des nombreux matelas étalés par terre dans l'appartement. À mes côtés, je retrouve Adrien, Oliver, et enfin Ludwi.

Je me lève en silence et prépare café, jus de fruits, thés, pâtisseries et autres commodités du petit-déjeuner.

Tout le monde se lève et chacun à leur tour, commence à partir, après avoir mangé.

Au bout d'une bonne heure, il ne reste plus qu'Adrien, Augustin, Timothy, Carlos, le meilleur ami de Timothy, et moi.

- C'était une chouette soirée, il faudra en refaire des comme ça. *Nous dit Timothy enthousiaste*

  - Vous n'avez qu'à rester jusqu'à demain. *Je propose gentiment.*

Et on est reparti pour une journée de folie et une soirée bien arrosée.

- Ça vous dit un "action ou vérité" ? *Propose Carlos*
- Bien sûr !!! *répond Timothy*
- Je commence ! *dit Adrien*. Augustin, action ou vérité ?
- Action !
- Assieds-toi sur les genoux de Carlos.

Augustin s'exécute et prend donc la parole.

- Timothy, action ou vérité ?
- Vérité
- Est-ce que tu trouves Gwen sexy ?
- **Putain Augustin !** *S'est énervé Adrien* **C'est ma sœur !**
- Oui. *répond Timothy timidement.* Gwen, action ou vérité ?
- Action !

Je ne suis plus vraiment sûre de mon choix maintenant que l'alcool commence à sévèrement faire effet.

- Embrasse Augustin.

Je m'approche d'Augustin, il a un sourire en coin, et dépose chastement mes lèvres sur les siennes. Quand je tente de reculer, il me retient et approfondit le baiser.

Je suis en train de replonger dans tous les sentiments que j'ai depuis toujours pour lui, et que je tente d'oublier, de bloquer, me cachant en partie dans mon amitié avec Antoine. Peut-être que je voulais qu'Augustin n'ose pas me demander de sortir avec lui, par peur.

- **Augustin ! Si tu veux baiser ma sœur...** *dit Adrien sur un ton que je n'arrive pas à décrypter.*
- **Je t'écoute mister-A ?**
- **Tu attends que je sois pas là. Je veux pas savoir moi !**
- Il a dit quoi ?? *Demande Timothy*
- Rien qui ne te concerne Tea-boy. *Répond Augustin.*

On continue encore un peu, sans plus de dérapage.

La soirée se termine à dormir, à nouveau, sur les matelas, au milieu du salon.

Après une nuit calme, pour une fois, nous nous réveillons presque en même temps au matin, à l'heure où blanchit la Marina de Monaco.

Après que tous les invités soient enfin rentrés chez eux, je peux commencer à ranger l'appartement avec Augustin et Adrien.

- **Bon les jeunes, je vais voir mon coach. Je rentre cet après-midi.** *Nous dit Adrien*
- **OK.** *Je lui réponds.* **Mais pour info, je suis plus vieille que toi !**

Les querelles entre Adrien et moi n'arrêteront jamais de faire rire Augustin.

On passe la matinée à jouer à F1 2025. Je suis en train de me faire battre comme jamais par Augustin, quand me vient une idée. J'attrape la manette d'Augustin et lui arrache des mains.

Au lieu de tenter de la récupérer, Augustin me saute dessus et me chatouille. Quand je n'en peux plus, je lui rends sa manette.

- **On fait un tour en solo et le pire temps fait à manger pour le gagnant.** *Je propose.*

Augustin accepte, sûr de sa victoire. Alors qu'il joue sur le circuit de Monaco, il fulmine en perdant le grip au virage du Massenet. Il est forcé de déclarer forfait, rate donc complètement son tour et me tend la manette. Je commence très bien mon tour, quand je sens sa main glisser le long de ma jambe. Je perds complètement mes moyens au grand hôtel Hairpin et finis dans le mur. Frissons de merde !

- **Tu ne trouves plus la piste ??** *Me susurre Augustin à l'oreille.*

- **Et toi tu ne contrôle plus ta main ??** *Je lui réponds avec sarcasme*

- **Oh si justement…** *j'ai des frissons dans tout mon corps quand sa main atteint mon entrejambe* **Et je pense que tu apprécies ce que je fais avec.**

Augustin pose ses lèvres dans mon cou et vient faire glisser sa main le long de ma cuisse. Alors que je fonds dans ses bras, il retire sa main de mon entrejambe pour me laisser frustrée, mais n'arrête pas pour autant de couvrir mon cou de baiser.

- **Je suis rentré !!!** *crie Adrien depuis la porte.*

Augustin s'écarte de moi, et se précipite à la cuisine. Moi, je reprends la manette et décide de refaire Monaco, jusqu'à battre le record de la console.

Adrien s'assied à côté de moi et me regarde éclater son record personnel.

- **Tu viens de faire quelque chose que personne n'a jamais su faire dans cet appart.** *me dit Adrien en souriant*

- **Et ouais, je vous l'ai toujours dit, que je finirais par battre ce record.** *je réponds fière de moi.*

- **On se fait un FIFA entre Normand pendant que le sudiste cuisine…** *me dit mon frère en parlant plus fort pour que Augustin entende.*

Nous voilà partis pour une partie de dingue. Quand Augustin revient dans le salon avec des sandwichs, il s'arrête net. Je suis sur le point de mettre le but du siècle. Adrien ne peut rien faire et je gagne 5-4.

Je croque dans un des sandwichs, il est dégueulasse. Je me rappelle pourquoi c'est toujours moi qui cuisinais ici. Parfois avec Antoine pour nos "Pasta a la carbonara".

La discussion part vite sur mon soudain talent pour les jeux vidéo. Ce que les garçons ne savent pas c'est que ce sont des centaines de nuits blanches qui y sont passées, et tout ça à cause de mes foutus cauchemars.

~ 45 ~

"No one is afraid of heights, they're afraid of falling down. No one is afraid of saying 'I love you', they're afraid of the answer."
"Personne n'a peur des hauteurs, ils ont peur de tomber. Personne n'a peur de dire 'je t'aime', ils ont peur de la réponse"

Extrait du journal de Kurt Cobain

Essais hivernaux : du 13 au 15 février 2026

13 février 2026

Je commence à stresser un peu. Je suis sur le point d'entrer dans les paddocks pour la première séance des essais hivernaux. Je vais voir si la voiture est bien, si je suis capable de piloter, si je suis en droit d'avoir cette place qu'Antoine n'a pas eu la chance d'avoir.

J'ai les mains qui tremblent au moment de passer mon badge. Adrien me rejoint directement et m'emmène jusqu'à mon box. Il doit me laisser pour aller se changer. Je fais de même, mais avant d'aller auprès de ma voiture je vois un texto de mon frère.

J'éteins mon téléphone, je mets mon collier dans la poche intérieure de ma combinaison, ferme ma combinaison, et monte dans la voiture. Augustin passe taper deux coups sur mon casque, c'est ce que je faisais pour lui donner du courage avant une course difficile.

Les mécanos me font signe, il est temps de démarrer. Je démarre doucement dans la ligne des pits. Arrivée sur la piste, je mets le pied au plancher et je passe les vitesses. La première chose qui me marque, c'est la vitesse avec laquelle je "m'enfonce" dans mon baquet. Quand je ralenti à l'arrivée du premier virage et que je tourne, le virage a beau être vers la droite, l'ensemble de mon corps veut partir vers la gauche. Je sens que ça fait énormément travailler mes muscles, mais plus le temps passe, moins j'ai mal parce que je me détends. Je ne panique plus, je laisse l'adrénaline remplir mon corps et me détendre.

A la fin des séances d'essais, je suis fatiguée mais heureuse. Je l'ai fait et je sais qu'Antoine est fier de moi, là où il est.

Quand je me dirige vers le débriefing, je sens deux bras m'enlacer.

- **Tu roules comme une déesse, beauté…**

La réflexion d'Augustin me fait rire. On s'est beaucoup rapprochés, lui et moi, et je ne retiens plus mes sentiments. Je l'aime. Maintenant, il faut arriver à lui dire…

- **Il faut qu'on parle d'un truc après le grand-prix Augustin.**
- **Avec plaisir, beauté.**

Il pose ses lèvres dans mon cou puis avance vers sa driver-room.

Essais (Bahrain)

Voiture : OK xAttention difficulté de freinage virage 4
              x DRS un peu lent au démarrage

PIT : △ Sewer surtout sur ce circuit ⟹ △ à 6' droit !!
      Pit un peu long tjrs au-dessus des 2 secondes
        ↳ Parler au stratégiste

Moteur : Pas de Problème repéré   :)

Communication : demander à avoir que les infos nécessaire en virage difficile
                ↳ ici, Turn 4, 8, 10, 14 et 15

Adrien : résultat d'essais ok, pour une alfa-Tauri   ♡

Augustin : Génial : Mieux habitué à l'écurie. À promis de m'aider ☺

Écurie Gagnante : Mercedes , Peut-être red-bull
                 ↳ en plus, ils ont le grand Olivier Hawkins

Mercedes : O. Hawkins & L. Robin	William : K. Sato & A. Albon
Ferrari : G. Gilain & A. Lechevalier	Alfa-Roméo : E. Lawson & G. Zhou
Red-Bull : M. Verstappen & J. Alvarez	Aston-Martin : L. Wolff & L. Stroll
McLaren : T. Nelson & K. Richardson	Alpine : E. Ocon & G. Piron
Alpha-Tauri : A. Gilain & C. Sainz	Haas : M. Schumacher & K. Magnussen

GP de Bahreïn : du 6 au 8 mars 2026

Dix-neuf jours se sont écoulés depuis les premiers essais. J'ai passé beaucoup de temps avec Adrien, Kenji, Timothy, Carlos et Augustin. On a profité de ces "vacances" pour faire une bonne préparation physique et mentale, et pour faire connaissance. Je m'entends très bien avec eux. Lawrence est sympa mais il reste beaucoup avec les équipes de Mercedes en semaine de Grand-prix. Je crois que Ralf Wagner, son directeur d'équipe, ne veux pas qu'il sympathise avec l'ennemi, ou en tout cas qu'ils ne le montrent pas.

En arrivant près des box Ferrari, je croise Khilyan dans les paddocks. Il me fait signe et je m'approche.

- **Toi aussi ils t'ont invitée pour te montrer que tu n'es pas pilote ?** *me dit-il rageux.*

- **Oh, et bien…**

- Mini Gilain, prête pour la première ? *me dit Ludwig tout sourire.*

- Ludwig Volf !!! *crie Khilyan surexcité*

- Oui Khilyan, c'est Ludwi. Et oui Ludwi je suis prête à monter dans la voiture.

- Connasse ! **Tu n'es qu'une petite pute présente grâce à son frère !**

Ludwi rigole de ces deux dernières phrases, me fait la bise, me chuchote que Khylian a tort, peu importe ce qui a été dit, et part rejoindre Lance Stroll. Je pars dans la driver room mettre ma combinaison, et ressort, direction le garage avec mon casque sous le bras. Un petit coucou à mon ancien concurrent, et je m'assieds dans la voiture.

Nous sommes placés sur la grille de départ. Je regarde les feux s'allumer. Premier feu, je souffle un bon coup. Deuxième feu, je pense aux quatre mousquetaires. Troisième feu, je souris. Quatrième feu, je me vide la tête. Cinquième feu, je me concentre. Les feux s'éteignent, je mets le pied au plancher et je suis partie.

J'étais cinquième, j'ai gagné une place au départ. Les tours passent et je continue d'avancer. Je finis quatrième, à une place du podium mais je suis fière, très fière.

Khilyan revient vers moi furieux.

- Ils t'ont choisi, toi !

- Oui, un problème avec ça ?!

- Tu es une incapable ! Tu n'es là que grâce à ton frère !

- Tu serais étonné ! Mon frère ne bosse pas chez Ferrari, il ne peut pas m'avoir pistonnée. Maintenant, je vais rentrer à l'hôtel. Gros bisous.

J'attends patiemment Augustin dans sa driver room. Il met du temps à arriver, mais c'est normal, il est premier.

Il me rejoint très heureux. On rentre à l'hôtel, je commence à préparer du café dans la cuisine de la luxueuse suite. Il me demande si je veux de l'aide, j'accepte celle-ci et lui dit de sortir des biscuits.

Il vient se mettre derrière moi et ouvre l'armoire au-dessus de ma tête pour prendre les biscuits. Il s'appuie sur le plan de travail et sa main me frôle. Je frissonne à ce léger contact. Je sens son sourire dans mon dos et son souffle contre mon oreille.

- **Tu as froid ?...** *me chuchote-t-il.*

- **Non, il fait plutôt chaud.** *je réponds avec la voix tremblante.*

Il pose la nourriture derrière, sur le bar, et vient poser son autre main de l'autre côté de moi. Je sens mes muscles se contracter et je me retourne doucement.

- **Tu es très jolie aujourd'hui.**

- **Et toi alors ?...** *dis-je en regardant son t-shirt moulant laissant ses abdos se dessiner.*

- **Tu sais que mes yeux sont plus hauts.**

Il a un sourire espiègle. Je me mords la lèvre inférieure.

- **Ne fais pas ça...** *me dit-il.*

- **Pas quoi ?...**

Je recommence à mordre ma lèvre.

J'aperçois une légère étincelle sombre dans son regard, celle qui me dit que lui aussi aimerait plus. Je décide alors de laisser glisser ma main le long de son torse. Ses yeux se remplissent de désir. Il se rapproche de moi, ses lèvres n'étant plus qu'à quelques millimètres des miennes. Je ferme les yeux, et à la dernière seconde, il vient déposer un baiser sensuel dans mon cou, avant de s'éloigner.

- **Ça t'apprendra à me mettre dans cet état...**

Il se met dos à moi pour s'occuper des biscuits. Je refuse qu'il pense qu'il est le seul à pouvoir jouer à ce jeu.

- **Tu pensais te débarrasser de moi si facilement ?**

Je viens poser une main sur ses fesses, l'autre sur son torse et mes lèvres dans son cou.

Augustin me demande si je suis sûre de moi. Je lui réponds à l'affirmative.

Il se retourne, attrape mes hanches et écrase ses lèvres contre les miennes. Le baiser est sensuel, passionné et empli de désir. Il fait glisser ses mains le long de mes cuisses et m'assied sur le bar. Il passe sa main dans mes cheveux et les tire, me faisant gémir par la même occasion.

Après deux bonnes heures sans s'arrêter, on décide d'en finir là, essoufflés et heureux.

- **J'aime t'entendre crier mon nom.** *me dit Augustin.*

- **Toi, tu as une idée derrière la tête.**

- **Sois ma sex-friend Gwen.**

- **Je ne sais pas, Augustin…**

- **Réfléchis-y.**

Je m'endors dans ses bras, mon sommeil est agité, pas par les cauchemars d'Antoine, plutôt par quelques doutes. Ça n'a jamais été ce que je voulais moi.

La demande que Augustin m'a faite hier soir me perturbe. Je vais devoir passer la prochaine semaine avec lui, sans réponse, parce que je ne suis pas capable de donner une réponse qui me convienne. Je ne suis pas sûre de vouloir être juste une sex-friend. Je l'aime, moi.

TOC TOC TOC

Je suis en train de finir de me maquiller pour le repas Ferrari, quand Augustin rentre dans ma chambre. Il s'approche de moi, pose une main sur ma fesse et un baiser dans mon cou.

- **Tu as une réponse ?** *me murmure-t-il.*

- **Laisse-moi du temps Augustin. Je n'ai jamais eu à faire ce genre de choix, et je suis plus du genre Love story à l'eau de rose que juste du cul.**

Je m'écarte de lui et part vers la sortie. Je ne fais pas attention dans le couloir, et rentre dans quelqu'un. Je n'ai aucun équilibre sur mes talons et part donc à la renverse.

- Tout va bien Gwen ? *me demande l'homme inquiet.*

- Lawrence ! Je suis tellement désolée… Je m'en veux tellement. Il faut que je regarde où je vais. *je lui réponds.*

Je ne comprends pas pourquoi, mais ma voix se casse et je fonds en larmes dans ses bras. Il m'emmène dans sa chambre, et envoie un texto. Il essaie de me calmer tant bien que mal. Une de ses mains glisse dans mon dos, l'autre est posée sur mes genoux. Il ne me dit rien, il reste juste là à m'écouter.

POV Oliver

Lawrence vient de m'appeler ; Gwen pleure et il a peur de ne pas gérer la crise, il se dit qu'avec mon calme, ma patience, et mon âge… Je pourrai gérer ça correctement. Ludwi est à côté de moi et me regarde intrigué. Il me suit, sans trop poser de questions. On entre dans la chambre de Lawrence. Ludwi accourt auprès de Gwen. Il pose la main de la jeune pilote sur son torse pour guider sa respiration. Mon coéquipier me dit merci et sort de la chambre. J'entends Gwen se calmer. Ludwi lui propose de l'accompagner au repas Ferrari.

POV Gwen

Les minutes passent lentement. J'entends deux personnes entrer dans la chambre et me serrer dans leurs bras. Je reconnais la voix de Ludwig, il est avec Oliver. Lawrence est parti et les deux plus âgés me parlent et me consolent. Petit à petit je vais mieux, ils ne veulent pas savoir pourquoi je suis dans cet état. Je comprends assez vite que ce seront eux, mes mentors, mes points de repères pour toujours sur le circuit.

- Je t'emmène au repas de Ferrari. *me dit Ludwi en m'aidant à me relever.*
- Ça marche.

Je me recoiffe vite fait et me démaquille. Pas de maquillage sera toujours mieux que de longues coulées de maquillage.

Je monte côté passager de l'Aston-Martin de Ludwi. Une fois arrivés devant le resto, Ludwi m'aide à descendre de la voiture.

- Je vais aller me balader. Si tu as besoin d'aide, tu m'appelles et je viens te chercher.
- Merci Ludwi

Je lui embrasse la joue, lui fait un petit signe de la main, et rentre dans le restaurant. Je repère la table de Ferrari, et je m'approche.

Je salue Giuseppe et m'assois entre lui et Augustin. Je n'ai pas le choix, c'est la dernière place qui reste. Je rigole avec toute l'équipe même si je sens un froid avec augustin. Un froid malaisant, le regard lubrique d'augustin contraste totalement avec la distance verbale et physique qu'il met entre nous.

A la fin du repas, on rejoint le parking. Il pleut, et Ludwi est en train de se promener !

- Je ne vois pas ta voiture Gwen, tu es à pied ? *me demande Giuseppe.*

- Non, je ne suis pas avec ma voiture.

- Gwen ! Bouge tes fesses ! Il pleut ! *me crie Ludwi depuis la voiture.*

- J'arrive Ludwi ! Je finis avec Giuseppe !

- Je t'apporte un parapluie. *me crie Ludwi.*

Je continue ma discussion avec Giuseppe, et Ludwi vient à notre rencontre.

- Mademoiselle Gilain, j'ai une question à vous poser avant que vous partiez. Des relations dont vous devez m'informer ? *me demande Giuseppe très sérieusement.*

- Eh bien, oui. Adrien est mon frère ; Ludwig est comme un mentor pour moi, Oliver aussi. Je m'entends bien avec Lawrence et, avec Augustin, c'est entre amour et haine.

Il me sourit et me dit au revoir.

Arrivée à l'hôtel Ferrari, Ludwi me fait descendre de la voiture. Oliver me récupère à l'entrée et m'accompagne jusqu'à ma chambre. Il me souhaite une bonne nuit, et me tend un petit papier avec les numéros de Ludwi, Lawrence et lui.

Je me mets en pyjama et envoie un petit SMS.

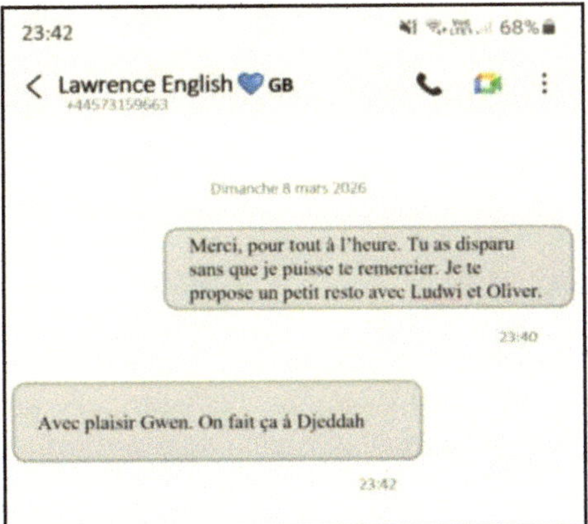

Je souris devant mon téléphone, je l'éteins pour dormir.

POV Ludwig

On toque à ma porte, j'ouvre et fais rentrer Oliver.

-   Elle est dans sa chambre. Elle va mieux. *me dit délicatement Oliver*

-   Elle me fait penser à nous à nos débuts.

-   Ce n'était pas des moments faciles, hein.

-   Clairement pas ! J'ai eu de la chance que Sebastian soit là pour moi.

-   Je ne suis pas sûr qu'elle ait quelqu'un comme ça…

-   Adrien et Augustin sont là.

-   Je ne suis pas sûr de ça, Ludwi. Pourquoi aurait-elle paniqué pour le repas Ferrari si Augustin était un mentor et un soutien ? Quant à Adrien, c'est son petit frère, alors elle ne lui montre peut-être pas ses faiblesses.

-   Il lui faudrait quelqu'un comme toi. Calme, sage, posé, attentif, etc.

-   Et quelqu'un comme toi, père de famille.

-   Dis que je suis vieux tant que t'y es ! Plus sérieusement, je veux en prendre soin de cette petite.

-   On va en prendre soin !

C'est sur ces mots que Oliver quitte ma chambre.

POV Gwen

-   GWEN !!! *crie une personne dans mes oreilles.*

Je me réveille, en sueur, et j'hyperventile. Je vois la tête d'Augustin, effaré, devant moi. Ses yeux verts sont plantés dans les miens. Il a peur, je le vois. Je me cale dans ses bras, je tremble encore et j'ai clairement besoin de réconfort.

Augustin sait très bien que le cauchemar est encore et toujours à propos d'Antoine, voilà pourquoi il ne me pose pas de question.

Au matin, il m'explique qu'il avait emprunté la clef de ma chambre à l'accueil pour venir me parler. La fameuse excuse "mon amie à oublié son téléphone, je n'ai pas moyen de la contacter, je peux avoir la clef ?"

Mais suite à ce qu'on venait de vivre, il applique une stratégie gagnante pour lui, il s'en va sans un mot.

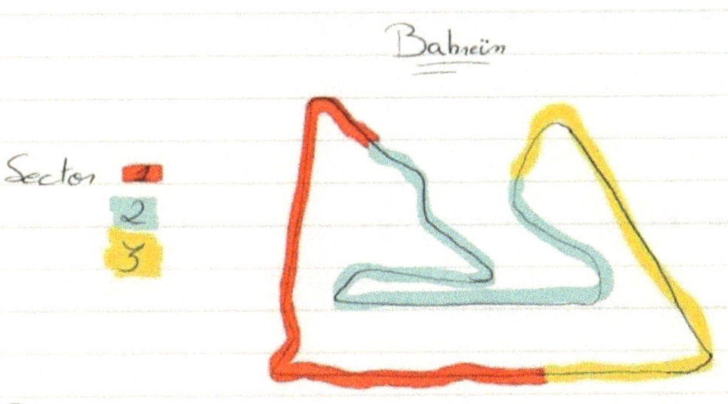

Bahreïn

Secteur
1
2
3

Bonne balance

Respect des cordes : 80%

Pit 2,3 & 2,2

Stratégie : Soft - médium - soft

Très bonne défence

VER ⇒ difficile à dépasser
   ↳ Border line pour limite de la piste

Dépassement : ROB ⇒ au départ
   ↳ temps de réaction : GIL>ROB

Lec 🏎️

Ham 🏎️

1

Ver (RB)

2

3

Noc : P4

Adrien : P11

GP d'Arabie Saoudite : du 13 au 15 mars 2026

Je suis dans l'avion pour Djeddah avec Augustin. Je ne sais pas trop quoi penser. D'un côté, il est attentionné surtout depuis qu'il a dû me réveiller en plein cauchemar. D'un autre côté, il ne veut qu'une relation sexuelle quotidienne. Je pense que j'ai fait mon choix.

- **Augustin, J'ai une réponse à ta proposition.**

- **On va atterrir et tu as ton resto avec Ludwi, Oliver et Lawrence. Donc donne-la-moi et on en reparle ce soir.**

- **Tu es sûr de vouloir faire comme ça ?**

Il a un regard que je ne saurais décrire. Je sens que l'avion touche le tarmac. L'hôtesse nous fait signe de sortir.

- **C'est non, Augustin.**

Je sors sans lui laisser le temps de répondre. Sur la piste, je vois mes trois compagnons de ce soir, en Mercedes, coffre ouvert pour mettre mes bagages.

Je les rejoins sans même jeter un coup d'œil à Augustin. Je dis bonjour à tout le monde et en route pour le resto.

Je m'amuse énormément avec eux mais plus la soirée avance, plus j'ai le trac. Je sais que je vais devoir parler à Augustin. Je suis tellement sûre de ma décision, ce qui me fait peur, c'est surtout sa réaction.

- Tout va bien Gwen ? *me demande Oliver inquiet*

- Ne t'inquiète pas Oli, je suis juste fatiguée.

Il me sourit et n'ajoute rien. Pourtant je sens qu'aucun d'eux ne me croit, je peux même sentir le regard de Lawrence sur moi. Ce dernier ne me croit pas et cherche dans mon attitude ce que je cache. Je le vois se retourner vers Augustin en serrant le poing. Pourtant, quand il se retourne vers moi, il adopte un comportement doux et calme.

Le repas est fini et les garçons viennent me déposer devant mon hôtel. Je vais récupérer la clef de ma chambre, et je monte jusqu'à celle-ci.

Augustin est assis devant la porte. L'expression de son visage est indéchiffrable. Je l'invite à entrer et referme la porte derrière nous.

- **Pourquoi tu as dit non ?**
- **Parce que je vais développer des sentiments…**
- **J'veux pas de sentiment, pour ma carrière !**
- **Moi aussi j'en ai une de carrière j'te signale, mais moi au moins, je ne fuis pas les sentiments !!!**

Il baisse lentement les yeux.

- **Augustin… Je t'ai donné une part de moi… Que je n'ai jamais donnée à qui que ce soit…**
- **Attends, tu… tu… tu étais vierge ?!**
- **Oui, j'ai même cru que nous avions les mêmes sentiments toi et moi…** *ma voix se brise*
- **Non ! Je n'ai pas de sentiments ! Je n'en ai même jamais eu ! Je n'en veux pas !** *Sa voix est colère et dégoût.* **Et ne viens surtout pas me dire que je fuis !!**
- **Tu appelles ça comment toi ?!!**
- **Du professionnalisme !!!**
- **ALORS VA TE FAIRE FOUTRE ET SORS DE MA CHAMBRE !!!** *je suis en train de pleurer toutes les larmes de mon corps.*

Il part en courant sans même fermer la porte. Je m'empresse d'aller la fermer mais j'aperçois Keith, bouche bée, qui me regarde. Il me demande s'il peut rentrer et je lui réponds à l'affirmative. Je m'assois sur mon lit et il me rejoint après avoir fermé la porte.

- Oulà, je remonte du bar et je te trouve en train de crier. Tu veux en parler ? *me demande doucement Keith.*
- Je ne sais pas…
- Allons prendre l'air.

Je le suis et on marche jusqu'au circuit. Au milieu de la piste, je m'arrête et m'assieds. Keith fait de même.

-       Tu es sûr de vouloir savoir ?

-       Oui.

-       J'ai donné ma virginité à la mauvaise personne… *ma voix tremble.*

-       Oh… Alors, je vais peut-être garder mon idée à la con pour moi.

-       Non, dis-moi. S'il te plait.

-       Non. J'ai pas envie que tu le prennes mal.

-       Keith, dis-moi !

Il attrape soudainement mon visage et m'embrasse tendrement.

-       Je voulais te proposer une partie de jambes en l'air. Tu sais, pour oublier. *me dit-il un peu gêné.*

-       Je sais pas. Peut-être après.

Un sourire en coin se forme sur son visage. Je me lève, lui tend la main afin qu'il puisse se relever et nous avançons vers les box.

On s'approche de ma Ferrari, qui y repose comme pour tout jeudi de week-end, et je deviens pensive. Je fais glisser ma main le long de la carrosserie. Cette voiture, c'est ma liberté, ma façon d'éviter les problèmes. Je sors enfin de mes pensées quand je sens le regard de l'australien se poser sur moi.

Je me retourne et m'assieds sur le pneu. Keith me regarde dans les yeux. Les siens se sont assombris. Il passe sa main dans ses cheveux bouclés. Son regard rempli de désir, parcourt mon corps de haut en bas, s'arrêtant quelque peu au milieu.

-       On est d'accord, pas de nous ?... *je lui demande timidement.*

-       Juste une fois pour oublier. C'est promis.

-       Alors arrête de me bouffer des yeux et fais quelque chose.

Il s'approche de moi, et plaque ses lèvres contre les miennes. Il soulève ma jupe et descend lentement ma culotte.

- Keith… Stop.

- J'ai fait quelque chose de mal ? *me demande-t-il inquiet.*

- Non, mais je peux pas, pas ce soir.

- Pas ce soir ?... *Il est intrigué*

- Je t'ai dit oui et je reste sur ma réponse, mais une autre fois beau gosse.

- Tu as une dette envers moi, beauté ! Et je ne suis pas prêt de l'oublier celle-là…

Il me raccompagne à ma chambre d'hôtel. Je le fais rentrer, en lui proposant un dernier verre. Il accepte. Alors que je nous sers à chacun un verre de Rhum, je l'aperçois en train d'écrire un petit mot, pour ensuite le coller sur la valise d'Augustin, posée seule au milieu du couloir.

"Avec toute la sympathie de celui qui a dû rattraper ta connerie. Tout est là. Passe un bon week-end et une bonne semaine, CONNARD ! K.R."

Je ris et lui donne son verre. On rigole longtemps et il décide de rester dormir.

Le lendemain matin, je donne rendez-vous à Oliver et Ludwi dans la chambre de ce dernier avant de partir pour la journée média.

- Quelle est l'urgence ma belle ? *me demande gentiment Ludwi.*

- Augustin est un con et m'a "larguée", si on peut dire ça, et j'ai failli me taper un beau néo-zélandais en orange par la même occasion.

- On va en par…

- Tu as voulu baiser Keith !!! *Ludwi vient d'interrompre Oliver.* Oups, sorry, Oli, continue.

- Il s'est passé quoi avec Augustin ? *me demande doucement Oliver.*

Je leur raconte toute ma soirée d'hier, la dispute, la balade et le moment dans les box.

- Oh le con ! J'vais lui péter sa gueule ! Il est chez Ferrari donc il se prend pour le roi du monde ! *commence à s'énerver Ludwi.*

- Ludwi, calme toi… Gwen, vis ta vie et montre-lui que ça ne t'affecte pas.

- Et pour Keith ?

- Profite ! *me répondent-ils en cœur.*

- Merci les garçons.

Je regagne ma chambre. Keith dort toujours. Quand je sors de ma douche, Keith est torse nu, en short et me regarde.

- Tu pourrais arrêter de me mater. Je sais que je suis beau mais bon.

On éclate de rire et partons pour le circuit tous les deux. Nous sommes vite rejoints par Max et Timothy. Un passage à la cafétéria pour avoir un café et c'est parti pour une matinée à répondre à des journalistes. Cet après-midi, je suis en conférence avec Adrien, Augustin et Keith.

Il est midi et il faut que je vois Adrien avant le malaise en conférence. Je cours jusqu'à l'hospitalité d'Alfa-Tauri. Je vois mon frère au loin et lui fais de grands signes. Il me rejoint et me fait un gros câlin et un bisou sur la joue.

- **Il faut qu'on parle Adrien.**

- **J'ai fait quoi comme connerie encore ?** *Me demande Adrien intrigué.*

- **Toi, rien. Ton meilleur ami, par contre.**

- **Je vais assassiner Augustin s'il t'a fait du mal.**

- **Disons qu'il m'a baisée avant de me dire qu'il voulait juste du cul. Donc on se parle plus vraiment et c'est très bien comme ça.**
Je lui dis tout d'une traite, ça fait mal quand même.

Il ne dit rien et me prends dans les bras. Je laisse une larme couler le long de ma joue. Il l'essuie délicatement et ébouriffe mes cheveux.

On rejoint la salle pour la conférence de presse. Je m'assieds entre Adrien et Keith, sentant le regard d'Augustin sur moi. Il me dévore des yeux et fusille Keith du regard

Les essais et les qualifications se sont bien passés. Aujourd'hui, c'est la course. Ce n'est pas un circuit facile. Il est très rapide mais il fait chaud et c'est un circuit en ville. J'ai besoin de rester concentrée toute la course pour ne pas me prendre un mur.

La grille de départ est la suivante : O. Hawkins, G. Gilain, A. Lechevalier, M. Verstappen, L. Robins, J. Alvarez, T. Nelson, K. Richardson, A. Gilain, C. Sainz, L. Volf, E. Ocon, L. Stroll, G. Peron, E. Larinsen, G. Zhou, K. Sato, A. Albon, M. Schumacher, K. Magnussen.

Le départ est donné, il y a très peu de zones de dépassement, donc je ne dois vraiment pas lâcher Oliver. Augustin est très près de moi mais je le bloque. La stratégie au pit est que je fasse un undercut, je rentre au stand en première pour pouvoir être devant après les passages aux stands, à Oliver. Je passe au stand et ressort derrière Augustin. La stratégie fonctionne puisque, quand Augustin et Oliver rentrent au stand, je prends la première place.

Je finis la course et me gare devant le panneau first. Je sors de ma voiture, récupère mon collier dans ma poche intérieure, embrasse le médaillon et le lève vers le ciel. Une fois mon hommage à Antoine effectué, je descends de ma voiture et saute dans les bras de mon équipe. Augustin vient me checker et Oliver court pour me prendre dans ses bras en me félicitant. Je vois mon petit frère dans un coin. Je le tire dans mes bras. Je me dirige à la pesée, puis rejoins les interviews.

- Mademoiselle Gilain, c'est votre deuxième Grand-Prix et vous avez déjà une victoire. Est-ce que les pilotes doivent vous craindre ? *me demande le journaliste.*

- Me craindre, c'est un grand mot. Je suis venue pour gagner et je ne laisserai passer personne, même pas mes idoles. Mais je n'oublierai pas que si je suis là, c'est grâce à certains d'entre eux. Je pense particulièrement à Adrien. Mon frère est un pilier pour moi. Je tiens d'ailleurs à le remercier de tout mon cœur. **Merci Adri.**

- Comment avez-vous trouvé la voiture ? *Continue-t-il* Qu'est- ce qui vous a permis de gagner ?

- La voiture est géniale et je la sens bien. Pour moi la voiture et le pilotes ne doivent faire qu'un, être en harmonie. J'ai trouvé cette harmonie, j'évolue en symbiose avec la Ferrari sur la piste. Ce qui m'a permis de gagner, c'est l'équipe. Sans leur travail, pas de première place.

Je retourne dans ma loge, je récupère mes affaires, et quelqu'un toque à ma porte.

- Tu vas mieux ?

Je me retourne et je vois Keith appuyé sur l'encadrement de la porte. Je lui réponds et on discute pendant que je range tout dans mon sac. On rentre à pied à l'hôtel, et il me raccompagne à la porte de ma chambre.

- Keith, tu connais le sexe de la victoire ?

- Il me semble. *me répond-t-il le regard intrigué.* Développe ton idée.

- Eh bien, j'ai trouvé le moyen de régler ma dette avec intérêts.

- Je t'écoute *me dit-il encore plus intrigué et intéressé.*

- Tu as 24h à partir de maintenant.

- 24h ?

- 24h, pour qu'on fasse l'amour autant de fois qu'on le
  souhaite.

Il capture mes lèvres et me pousse dans ma chambre.

Après une nuit particulièrement torride et une matinée qui l'était tout autant, on a fini par se rendre à l'aéroport. Non sans quelque geste rappelant notre nuit.

On arrive à l'aéroport, et Keith se fait taper sur les doigts par Zak Brown, son team leader. Moi, je la joue autrement.

- Excusez-moi Monsieur Brown. Je vous remercie d'avoir accepté de
  me prendre dans le vol McLaren au lieu de celui de Ferrari. J'ai
  mélangé les heures des deux vols, ce qui explique mon retard.
- Déjà, tutoies-moi. Et de deux, ne t'inquiète pas ma puce.

Keith est surpris de notre discussion, ce qui nous fait beaucoup rire Zak et moi.

Une fois dans l'avion, il ne faut pas longtemps pour que Zak dorme. Timothy est assis avec Keith et moi.

- Gwen, pas trop fatiguée ? *me demande Timothy avec un
  sourire en coin*
- Non, pourquoi ?
- Eh bien, se taper le meilleur pilote de sport en chambre, ça doit être
  fatiguant…
- Pardon ?!? *Keith et moi, on parle en même temps.*
- Sans vos pulls, on voit des suçons dans vos cous. Et puis vous
  arrivez ensemble, comme par hasard.
- Euh…

- Donc, j'ai raison !

- Bon, ok, je me suis tapée Keith, Tea-boy

- C'était bon ? *demande Timothy tout naturellement*

- Je pense que oui *répond Keith très sûr de lui*

- C'est pas à toi que je parle, le vieux ! Gwen ?

- Oui, ça l'était ! Sinon, tu sens comment le prochain Grand Prix ?

- Tu changes de sujet… Sinon je le sens bien.

Quand on atterrit en Australie, Keith s'approche de moi et me susurre à l'oreille :

- Les 24h ne sont pas finies…

- Je t'écoute…

- On est tous dans le même hôtel donc si tu viens avec moi personne le saura…

Je souris et il m'emmène dans sa chambre. Je ne pense pas devoir expliquer la suite de la nuit.

Jeddah

Bad Mood : Merci Augustin ♥

Beaucoup de travail sur Simu ⇒ A faire pour Circuit en ville

P.t : 2,1

Stratégie : Medium - Hard

Balance Ok

Under cut sur Oliver perfect

Défence sur Augustin : ok

    ↳ tjrs les même technique qu'en Karting ‼

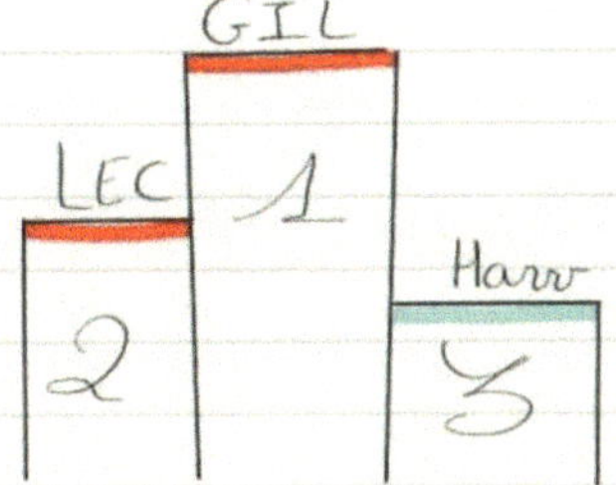

GP d'Australie : du 27 au 29 mars 2026

Les premiers pas sur le paddock Australien sont impressionnants. La foule orange criant le nom de Keith m'impressionne.

- C'est comme si on n'existait pas, hein.

- Lawrence ?! Tu lis dans mes pensées ?

- Pas encore… Pourquoi ?

- C'est ce que j'étais en train de me dire et sur le point d'écrire à mon frère.

- Je dirais que c'est du hasard. Bon, il faut que j'aille voir Ralf. Au revoir Frenchie Girl.

- Bye English man.

C'est sur un rire commun qu'on se sépare.

Ce week-end se solde sur une victoire pour moi, Oliver m'accompagne sur ce podium. Augustin est au pied du podium.

Australie

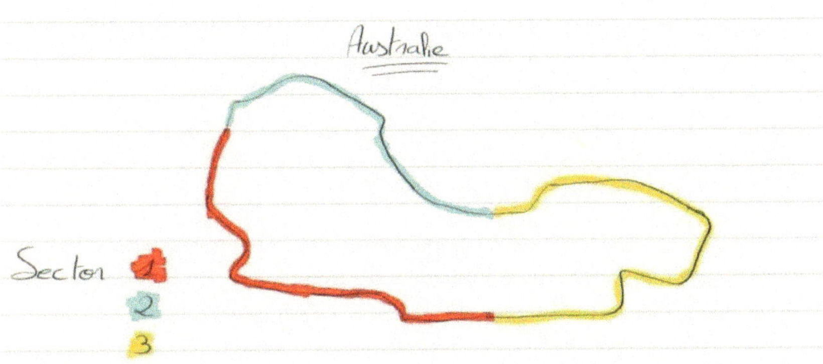

Secteur 1 2 3

Beau duel avec Oliver

Contente de voir Keith avec nous !!
    └ c'est presque chez lui, ici !

Pit: 2,5 => j'ai du repasser Oliver.
    └ problème ? => Réponse de l'ingé: démarrage du pistolet un peu long

Balance difficile pour le Turn 1

Stratégie: medium - Hard.

Augustin ? => S'est fait avoir "bêtement" au Turn 6
    └ Bien fait !!

Adrien à DNF => Problème hydraulique
    └ dommage

Oliver à surveiller !!!

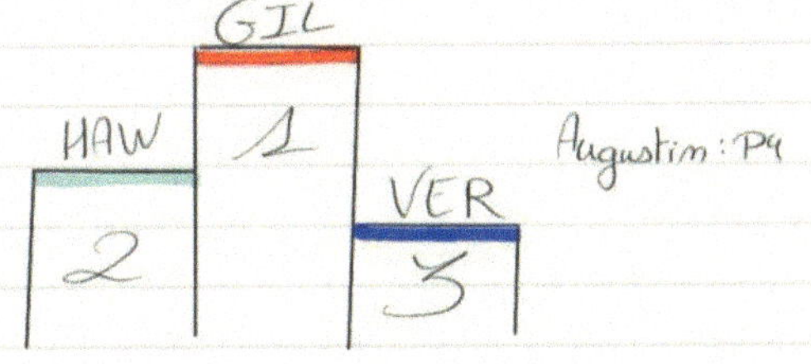

Augustin : P4

La course s'est soldée par un nouveau podium. Timothy, qui n'a pas fini beaucoup plus loin, m'invite au bar. Une sortie entre potes, il a aussi invité Lawrence. L'amitié entre Timothy et moi a été instantanée. C'est venu tout seul.

Timothy aimait bien sortir, en fonction des soirées, il sortait avec Keith ou Lawrence. Ici, on est au bar, c'est Lawrence qui est fan des soirées plus calmes.

On est en train de rigoler des anecdotes de karting de Tim quand son téléphone sonne. Carlos ne se sent pas trop bien, sa course s'est mal passée. En tant que meilleur ami d'exception, celui que j'appellerais mon frère de cœur, part le rejoindre.

Je me retrouve donc seule avec Lawrence. Si au début, j'ai peur d'une gêne, ça passe assez vite. On rigole, les verres s'enchaînent, pas d'alcool et l'ambiance n'en n'est pas moins agréable.

On passe par tous les sujets, de notre plat préféré à notre enfance. Il a la gentillesse de ne pas insister pour parler d'Antoine. Je le remercie intérieurement pour ça.

Comme c'est Timothy qui m'avait conduit au bar, Lawrence me ramène à l'hôtel. Après lui avoir dit au revoir, je rejoins ma chambre.

Quand j'y pense, l'Anglais s'est beaucoup confié à moi. Il m'a parlé des relations compliquées qu'il a eu à une époque avec son père ; de ses doutes au début de sa carrière en formule 1, écurie de fin de tableau, pas de point, la peur de rester dans l'ombre toute sa vie et de ne jamais avoir sa place dans une grande écurie. Je ne sais pas s'il m'en a parlé pour me rassurer ou parce qu'il en avait besoin. Mais il s'est confié et ça, ça me fait plaisir.

<u>Qatar</u>

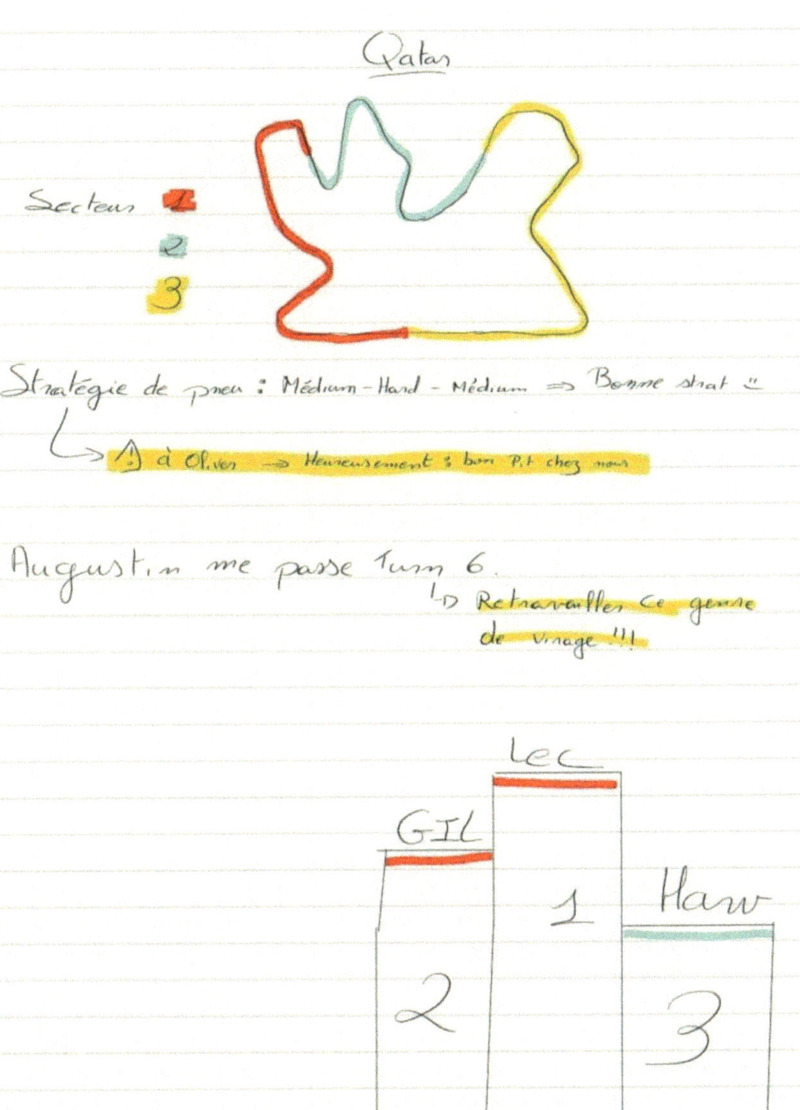

Stratégie de pneu : Médium - Hard - Médium ⇒ Bonne strat ‼

↳ ⚠ à Oliver ⇒ Heureusement : bon P.st chez nous

Augustin me passe 1um 6.
↳ Retravailler ce genre
de virage ‼!

<u>*GP d'Espagne : du 1 au 3 mai 2026*</u>

Oliver nous a surpassés Augustin et moi, il est sur la première place du podium. Pour fêter son résultat, il nous a tous invités en boîte de nuit.

J'espérais passer un peu de temps avec Timothy mais je crois que je vais oublier cette idée, il est en train de s'éclater avec Keith. Je vais donc m'asseoir près d'Adrien.

Il est avec Augustin et Ludwig, dans les canapés du carré privé. A peine je me suis assise que Kenji m'emmène danser. Après cette danse, c'est au tour d'Oli de m'inviter à danser. La chanson "Héroe" d'Enrique Iglesias commence, une chanson assez sensuelle, je souris à Oliver et retourne m'asseoir.

Lawrence vient s'asseoir à côté de moi en rigolant.

- Tu ne danse pas avec Oliver ? Il va être triste. *me dit-il en rigolant.*

- Euh non. Très peu envie que la personne que je vois comme un mentor tombe sous mon charme.

- Ton charme ?! Ça va les chevilles ?

- Te fous pas de moi, les yeux verts, c'est le rêve de n'importe qui.

- Je vais déprimer. Si tu as raison, avec mes yeux bleus, je n'irais pas loin.

- Mais si …. Regarde mon frère, il va conclure.

Adrien est sur le point d'embrasser une fille quand elle le repousse. Il se dirige vers moi, je le regarde intriguée.

- Elle préfèrerait se taper ma sœur, elle m'a dit.
- Dommage, ce n'est pas mon truc les filles.

Lawrence éclate de rire.

-	Je te l'avais dit. Avec des yeux bleus, aucune chance.

J'éclate de rire et une heure plus tard, je décide de rentrer.

~ 74 ~

<u>Espagne</u>

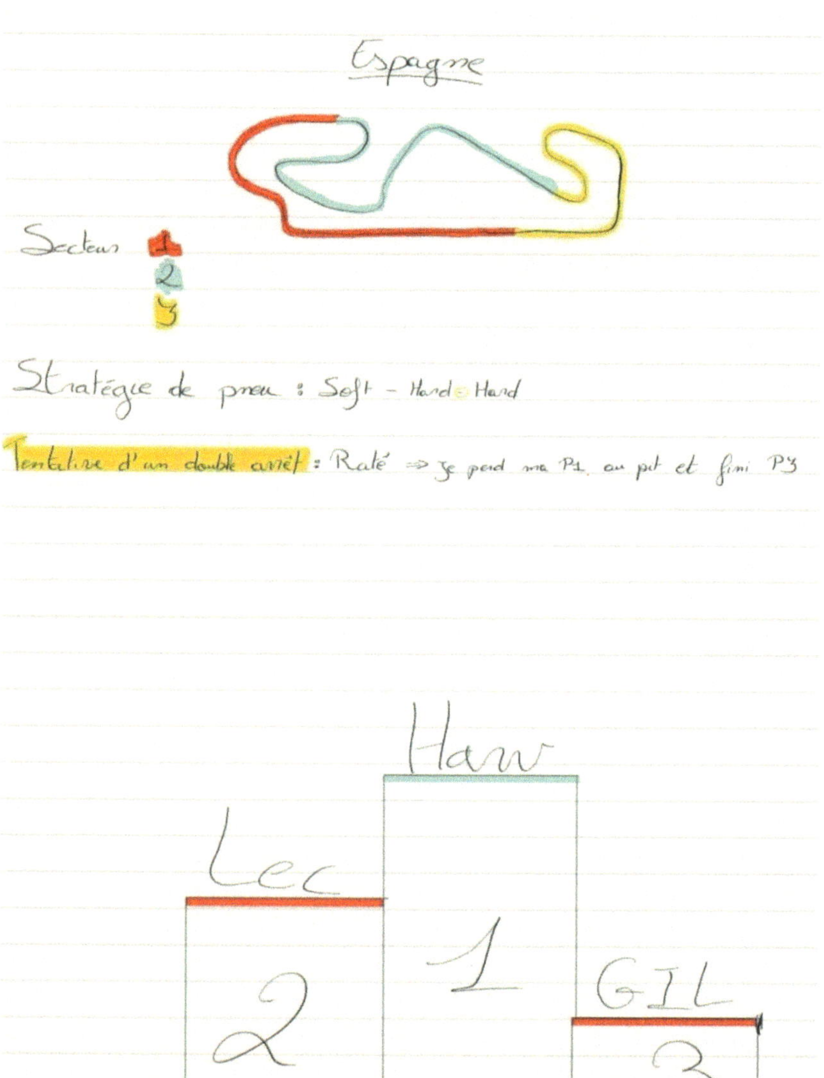

Secteur

Stratégie de pneu : Soft – Hard – Hard

Tentative d'un double arrêt : Raté ⇒ je perd ma P1 au pit et fini P3

GP d'Imola : du 15 au 17 mai 2026

Imola est l'un des deux grand-prix à la maison pour Ferrari. J'ai spécialement demandé à faire le track-walk en marchant. Pouvoir observer, prendre le temps de sentir chaque courbe. J'écoute les stratégistes très attentivement. Une fois le tour terminé, je change ma tenue de ville contre ma tenue de sport.

- Tu fais quoi ?

- Lawrence, je vais courir une fois la piste en essayant de suivre la virtual line.

- Je peux venir ?

- Oui, mais je vais m'imprégner de la piste. Pas beaucoup papoter.

- C'est pas grave.

On démarre, quand on arrive au virage de Tamburello, une seule chose me marque. Ce n'est plus un virage, c'est un souvenir. On aperçoit les drapeaux accrochés au niveau du monument. La vue en haut des montées est magnifique; le soleil sur ma peau, il fait chaud, mais cette chaleur me fait du bien. Sur la fin de notre tour, je m'arrête sous le podium, j'observe et j'imagine la fin de mon week-end. On longe les garages, toujours sur la piste. Au bout de ceux- ci, après avoir passé la ligne d'arrivée, on peut voir la magnifique fresque de Senna. Le casque, visière levée, ses yeux levés vers le ciel, son kart en plus petit sur la gauche en bas de la peinture.

Je ne peux m'empêcher de penser à Antoine. Je n'ai jamais cru en Dieu, mais depuis l'accident de mon meilleur ami, je ne peux pas me dire que c'était un hasard. Tout comme Senna, Antoine le savait, et lui il était croyant.

- Tout va bien, Gwen ? *Lawrence vient de me sortir de mes pensées.*

- Oui parfaitement.

- C'est pas que je veux pas te croire, mais tu pleures. Si tu ne veux pas en parler, je l'accepte.

- C'est à propos d'Antoine. Merci d'être venu alors que je ne t'ai pas adressé un seul mot.

-   Je crois que c'était positif pour nous deux. Parfois les mots sont inutiles. Parfois on a juste besoin de quelqu'un à ses côtés pour nous soutenir en silence.

Je lui souris et il me le rend. Je n'arrive pas à comprendre s'il parle de lui ou s'il lit en moi comme dans un livre ouvert.

On est dimanche, la course touche à sa fin.

-   Three laps to go. Keep pushing! Oliver 0,99 seconds behind you! *(Trois tours restants! Oliver à 0,99 secondes derrière toi ! Allez, continue de pousser tu y es presque)*
-   Copy

Les derniers tours commencent à m'épuiser, Oliver ne me lâche pas mais Augustin est trop loin que pour lui mettre la pression.

A chaque virage, je me concentre, je lui ferme chaque porte. Quand je passe enfin la ligne d'arrivée, je sens un poids se libérer de mes épaules. Durant mon tour d'honneur, je fais signe aux fans. Pourtant, mon cerveau est ailleurs : j'ai la sensation que le soleil caresse ma peau, comme si je ne portais pas mon casque et que j'étais en train de faire ma course à pied jeudi.

Le podium est différent des autres. Oliver et Augustin sont avec moi, comme d'habitude, mais aujourd'hui je pleure. Je suis sur la plus haute marche, devant tous les fans de Ferrari.

-   Tu es la meilleure Gwen ! Tu es super ! Je ne le connaissais pas mais je suis certain qu'il est fier de toi !
-   Merci Oliver.

Je suis de retour dans ma driver-room, je lance la mélodie de "someone you loved" de Lewis Capaldi. D'habitude je me serais assise derrière mon piano pour jouer, mais je n'ai pas de piano dans ma driver-room.

Après les premières notes, ma voix commence à suivre la musique. Dans ma tête, je vois défiler les photos d'Antoine et moi. Ce trou qu'il a laissé, ce vide en moi, plus personne n'est là pour le combler. Cet endroit lourd de souvenirs me fait mal, le souvenir de Senna me ramène dans les bras d'Antoine. C'est là que je me sentais en sécurité, aujourd'hui, j'ai l'impression de ne plus avoir de safe place.

> *"I'm going under and this time I fear there's no one to save me This all or nothing really got a way of driving me crazy.*
> *I need somebody to heal.*
> *Somebody to know.*
> *Somebody   to   have.*
> *Somebody to hold. It's*
> *easy to say.*
> *But it's never the same.*
> *I guess I kinda liked the way you numbed all the pain. Now the day bleeds*
> *Into nightfall*
> *And you're not here. To get me through it all I let my guard down.*
> *And then you pulled the rug*
> *I was getting kinda used to being someone you loved."*

POV Lawrence Robins

Je suis parti voir Gwen, elle pleurait sur le podium, je veux voir si elle va bien et la féliciter.

Quand j'arrive à la porte, je l'entends chanter. Elle a l'air de souffrir, de se sentir vide. En fait, elle ne chante pas, elle vit la chanson. Antoine est parti et elle ne s'en n'est jamais remise. La question, c'est : est-ce qu'on s'en remet un jour ?

A la fin de la chanson, je toque et entrouvre la porte. Elle est jolie, sa combi posée sur ses hanches. Son fireproof épouse ses formes. Je me force à recentrer mes pensées. Elle a besoin d'aide.

- Tout va bien, Gwen ?

- Non, mais je ne veux pas en parler…

- Je te ramène alors.

- Merci Lawrence.

Imola

Secteur 1
2
3

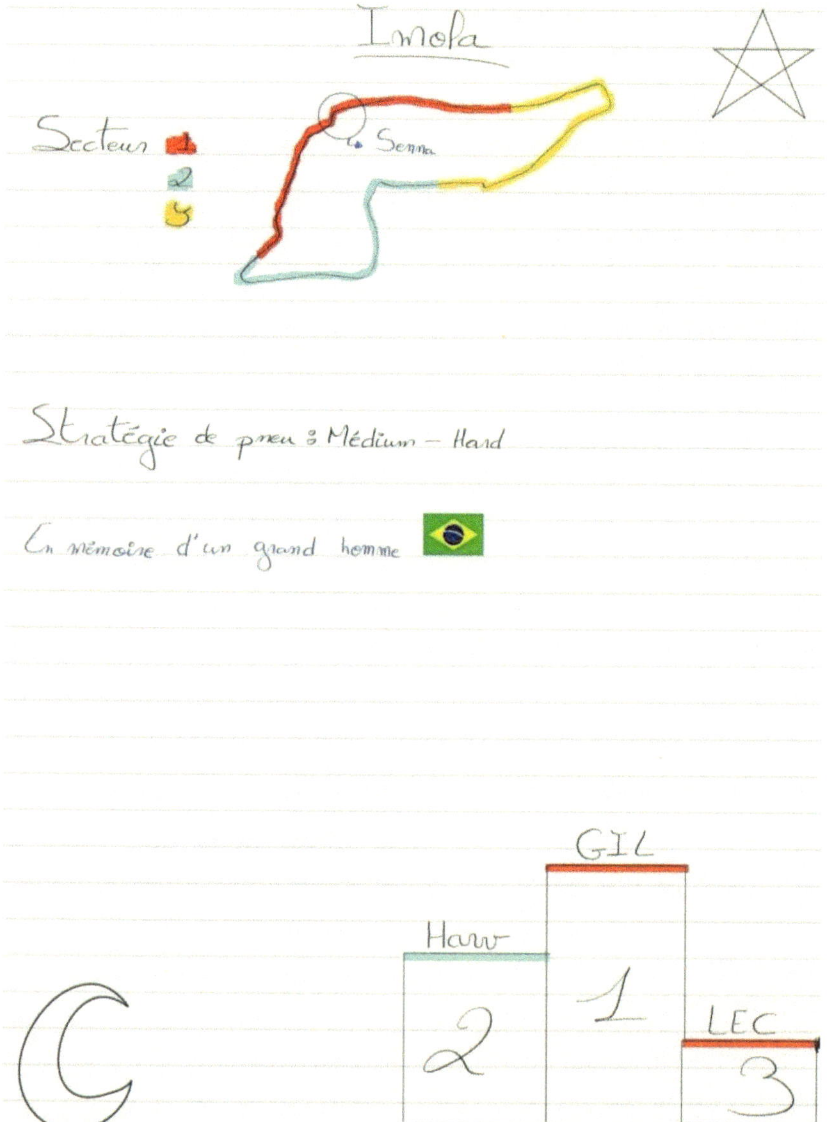

Stratégie de pneu : Médium – Hard

En mémoire d'un grand homme

GIL

Haw

2

1

LEC

3

GP de Monaco : du 29 au 31 mai 2026

31 mai 2026

Ce week-end, c'est Monaco. Depuis l'Arabie Saoudite, j'ai fait quatre podiums et deux victoires, en quatre GP. Quand on est arrivé, j'ai choisi de ne pas aller à l'appartement. Je n'ai pas envie de voir Augustin.

Aujourd'hui, c'est dimanche et jour de course. Je me dirige, équipée, mon casque sur la tête, vers ma voiture, quand je sens qu'on tape deux fois sur mon casque.

- Bonne merde Frangine.

- Merci Adrien.

Je me retourne et le prends dans mes bras.

Je démarre P3, Keith est P2 et Augustin P4. La course démarre et au quatorzième tours, Augustin vient taper dans ma roue arrière. Je pars dans le mur emportant Keith avec moi. On passe à l'infirmerie par sécurité et heureusement tout va bien.

A la fin de la course, Adrien est venu me voir pour s'assurer que je vais bien. Quand il sort, quelqu'un d'autre sonne à la porte. Je ne suis pas d'humeur à voir d'autres personnes mais par politesse, je vais ouvrir. Devant moi se tient Timothy, le visage creusé et les yeux rouges. Il a visiblement beaucoup pleuré. Je le fais entrer, le prends dans mes bras et je ne dis plus rien. Un silence s'installe et après un petit moment il murmure.

- Elle m'a trompé…

- Loulou… Respire, on va aller un peu se vider la tête.

- D'accord…

J'envoie un message à Keith et on se retrouve tous les trois au bar de l'hôtel. On n'a pas encore commandé qu'une idée de génie me vient à l'esprit ; enfin je crois...

- Ne commandez rien les garçons !

- J'veux oublier ! *Me dit Timothy.*

- Je vais te faire découvrir la meilleure façon d'oublier.

- Gwen ? Tu es sûre ? On est deux... *me dit Keith inquiet.*

- Certaine

Je les emmène dans ma chambre, et leur propose donc une nuit de sexe. Les deux acceptent.

La soirée est torride, les rôles s'échangent et chacun prend du plaisir. Peu importe les positions.

On finit par s'arrêter, et on va se coucher. Timothy me colle contre lui en passant son bras autour de mon bassin. Keith se couche de l'autre côté de moi, et vient se blottir contre ma poitrine.

Je me sens tellement bien entre les bras de personnes de confiance mais je ne peux pas continuer ainsi toute ma vie.

Le lendemain

- FUCK !!! *Ludwi et Oliver viennent de crier*

Je sursaute. Timothy et Keith ne se sont pas réveillés.

- Je sais qu'on t'avait dit de profiter mais là, c'est peut-être un peu trop ! *Me dit Oliver*

- Gwen, sérieux... *Me dit Ludwi*

- Quoi ? J'en avais besoin ! Et puis quand je vous ai dit de me réveiller, je pensais à un appel !

- Pourquoi ma belle ? *Me dit Oliver.*

- Pour oublier, je pense…

- Oublier quoi ? *continue Oliver*

- Tout ! Antoine, Augustin, le crash, les flashbacks, et tout le reste…

- Ma belle…

- Écoute moi bien Gwen, *me dit Ludwi,* tu te prives de l'appartement, alors qu'il te fait du bien. Il te permet de vivre sans trop t'éloigner du souvenir d'Antoine.

- Rentre, on leur expliquera. *Me dit Oliver en me montrant les garçons.*

Je fais un câlin à mes deux mentors et dépose un baiser sur le front de Keith et Timothy.

J'arrive à l'appart et rentre en silence. Je m'assieds devant le piano fermé. Des larmes coulent le long de mes joues. J'ouvre le piano et pose délicatement mes doigts sur les touches. Je commence à jouer l'air de "Si t'étais là" de Louane et je chante.

> *"Parfois je pense à toi dans les voitures Le pire,*
> *c'est les voyages, c'est d'aventure Une chanson*
> *fait revivre un souvenir*
> *Les questions sans réponse ça c'est le pire*
> *Est-ce que tu m'entends, est-ce que tu me vois ?*
> *Qu'est-ce que tu dirais, toi, si t'étais là ?*
> *Est-ce que ce sont des signes que tu m'envoies ?*
> *Qu'est-ce que tu ferais, toi, si t'étais là ?"*

Ma voix se brise et les larmes coulent. Je ne chante pas une chanson. Je parle à Antoine.

*"Je me raconte des histoires pour m'endormir Pour
endormir ma peine et pour sourire
J'ai des conversations imaginaires
Avec des gens qui ne sont pas sur la terre
Est-ce que tu m'entends, est-ce que tu me vois ?
Qu'est-ce que tu dirais, toi, si t'étais là ?
Est-ce que ce sont des signes que tu m'envoies ?
Qu'est-ce que tu ferais, toi, si t'étais là ?"*

Plus la musique avance, plus je comprends qu'il faut que je trouve le quatrième mousquetaire. Peu importe la réaction d'Augustin ou d'Adrien.

*"Je m'en fous si on a peur que je tienne pas le coup Je
sais que t'es là pas loin, même si c'est fou
Les fous c'est fait pour faire fondre les armures Pour
faire pleurer les gens dans les voitures Est-ce que tu
m'entends, est-ce que tu me vois ? Qu'est-ce que tu
dirais, toi, si t'étais là ?
Est-ce que ce sont des signes que tu m'envoies ?
Qu'est-ce que tu ferais, toi, si t'étais là ?"*

Je suis dans mes pensées et je n'entends pas les pas qui s'approchent.

- Tout va bien, sœurette ?

- Oui… *Je sursaute avant de lui répondre*

- Et en vrai ?

- Je ne sais pas quoi faire. *Je cours dans ses bras.*

- Explique-moi calmement

- A moi aussi, Antoine m'a confié une mission avant de mourir.

J'emmène Adrien dans ma chambre. Je prends le bracelet qui m'a été légué et le montre à mon frère.

- Il m'a demandé de trouver un quatrième mousquetaire.

- Pourquoi tu ne l'as pas fait, Gwen ? Ça t'aurait fait du bien.

- J'avais peur que vous pensiez que je le remplace…

- Attends la trêve d'été. On va partir en vacances avec tout le monde et tu pourras trouver le bon

- Tu penses à un pilote, Adrien ?

- Tu penses à quelqu'un d'autre ?

- Non. On en reparle pendant les vacances.

POV Timothy Nelson

Je me réveille, la place à côté de moi est vide. Keith dort à l'opposé du lit mais Gwen est partie. Je m'assieds et remarque que Oliver et Ludwig sont assis dans le canapé.

- Euh… Est-ce que je risque de mourir dans les secondes à venir ?

- Ce n'est pas prévu. *Me dit Ludwig.* Gwen est partie en larmes après avoir discuté avec nous et on est chargés de vous expliquer que ce n'est pas votre faute.

- Elle a quoi alors ? *Je lui demande*

- Elle s'en veut. *me répond Oliver.* Elle n'est pas au top en ce moment et le sexe lui sert d'exutoire. Elle a l'impression de s'être servie de vous et a préféré retourner à son appartement pour réfléchir.

- Il faut que j'aille la voir. *Je me lève et maintient la couverture au dernier moment.* Merde ! Où sont mes vêtements ?

- Sur la table de nuit, bien pliés. Gwen et sa manie du rangement.

Je m'habille très vite et croise Kenji dans le couloir. Il part à la salle de petit-déjeuner, et me propose de venir avec lui. Je trouve plus judicieux d'aller déjeuner avant de parler à Gwen.

- Tu as quoi dans ton cou ? *me demande Kenji*

- Rien. *je remets la capuche de mon sweat pour que le suçon ne se voit plus.*

- Il s'est passé un truc cette nuit ?

- Rien du tout Kenji

Il a un regard suspicieux mais n'insiste pas. Je

sens une tape dans mon dos.

- Génial la nuit. J'espère que la marque dans ton cou ne restera pas trop longtemps. *me sors Keith tout naturel*

- Timothy ?!? *me demande Kenji*

Je me lève sans répondre, et j'appelle Carlos. Il ne me répond pas, sûrement en train de fêter la victoire d'hier avec Isa.

Driiing, Driiing, Driiing

- Allô M'man ?

- Je te dérange mon petit prince ?

- Je cours consoler la meilleure fille que je connaisse, ma meilleure amie.

- Alors cours ! Je te rappelle plus tard.

Je suis en bas de l'immeuble. Je rentre grâce à une personne qui sortait et qui m'a tenu la porte.

Quel étage ?! Sur son post Instagram, on voyait la mer depuis le balcon donc je dirais dernier étage.

Quel appart ?! Ça, c'est facile, la porte est décorée du nom des quatre mousquetaires, comme Gwen les appelle.

Toc, Toc, Toc

C'est Gwen qui ouvre. Je fonce dans ses bras, sans réfléchir. Elle passe sa main dans mes cheveux. Je m'éloigne d'elle, et la regarde droit dans les yeux. Les siens sont rouges, elle a pleuré, sûrement récemment. J'en suis sûr parce que l'épaule du t-shirt de son frère est trempée.

POV Gwen Gilain

- Tout va bien Timothy ?
- Oliver et Ludwig m'ont tout expliqué.

Il me regarde dans le yeux et murmure :

- Tu as pleuré ?
- Ne t'inquiète pas Timothy
- Je sers un truc à boire. *nous interrompt mon frère.*
- Je veux bien un GRAND verre de lait. *répond Timothy*

Adrien nous sert, et on se détend petit à petit, finissant même par rire à certains moments. Mon frère prend mon poignet et y attache le bracelet d'Antoine.

- Il sera mieux là que dans le tiroir. *me dit Adrien en embrassant mon front.*
- Il te va bien. *me dit Timothy.*

Le téléphone de Timothy sonne. Il s'excuse et décroche. C'est une visio de sa mère, Cisca. On l'entend parler à son fils. Ils ont l'air de si bien s'entendre.

- Maman, j'aimerais bien te présenter une fille géniale.
- Celle dont tu m'as parlé, petit chat ?
- Oui…
- Vas-y montre la moi.
- Gwen ! viens !
- Bonjour madame, enchantée, je m'appelle Gwen Gilain.
- Gilain ? *elle devient pâle.* Comme Adrien Gilain ?
- Oui. *Je réponds toute fière.*
- Dis-moi, quel âge as-tu ?
- J'ai 26 ans, je suis née en 2000.
- Des frères et sœurs ?
- J'ai beaucoup trop de frères et pas une seule sœur.

Adrien passe derrière nous pour aller sur le balcon.

- Qui est le jeune derrière vous ?
- C'est Adrien maman, le petit-frère de Gwen.
- Excusez ma confusion, Gwen, mais vous ne vous ressemblez pas beaucoup.
- C'est normal madame, je suis adoptée.
- Oh fuck !!!
- Tout va bien, maman ?
- Non !
- Que se passe-t-il madame ?

-       Timothy, ta meilleure amie est aussi ta sœur biologique…

-       QUOI !!! *Timothy commence à s'énerver.*

Je pars en courant vers le balcon et saute dans les bras d'Adrien. Je pleure et Adrien me console. Timothy, lui, crie sur sa mère, pleure et finit par s'affaler sur le canapé. On reste comme ça longtemps.

Quand Adrien et moi rentrons, on retrouve Timothy endormi dans le canapé. Adrien commande des pizzas et je vais m'asseoir près de Timothy.

-       Il faut que tu manges un minimum, Timothy.

-       D'accord, mais on doit parler…

-       Quelqu'un peut m'expliquer ? *nous demande Adrien.*

-       Ma copine m'a trompé, on a tous les deux eu un week-end de merde, et hier ça a dérapé…

-       Ok, et ?...

-       Timothy est mon frère biologique. On vient de l'apprendre.

-       Oh merde. Bon, prenez du recul. Vous n'avez rien fait de mal. Devenez frère et sœur et oubliez cela.

-       Tu as sûrement raison, Adri.

Il nous prend tendrement dans ses bras.

J'étais à moitié endormie, quand j'entends la porte de ma chambre s'entrouvrir. Je ferme les yeux et écoute attentivement. La personne est en train de pleurer. Je sens le parfum d'Adrien et son corps se blottir contre moi.

-       Pourquoi pleures-tu ? *je le sens sursauter légèrement.*

-       Je ne suis plus ton vrai petit frère…

-   Bien sûr que si, même plus que Timothy. Tu es mon petit frère depuis toujours, lui l'est depuis quelques heures. Je t'aime frangin.

Il ne dit rien et cale sa tête sur mon ventre. Je joue légèrement avec ses cheveux, ce qui l'apaise et l'endort.

Monaco

Secteurs ▮ 1
          ◖ 2
          ▢ 3

Stratégie de pneu : Médium - on sait pas Augustin m'a DNF.

touche d'Augustin sur ma roue. J'entraîne Keith avec moi dans le mur
                    ↳ Je dois d'ailleurs m'excuser.

Un grand-prix @ home
          ↳ Mais sans toi, c'est pas pareil ☆

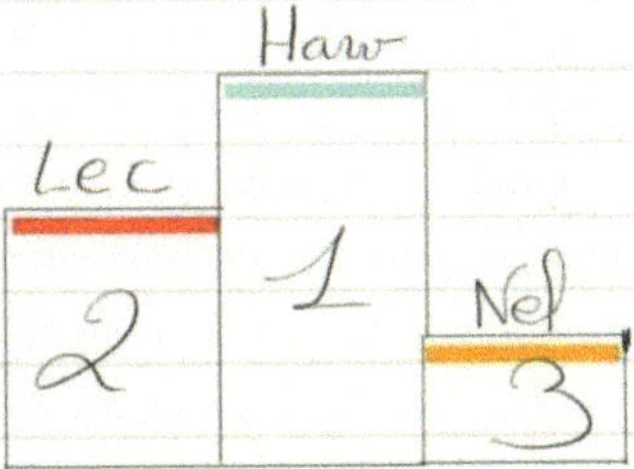

<u>*GP d'Autriche : du 12 au 14 juin 2026*</u>

<u>*POV Timothy*</u>

- Maman, qu'est-ce que tu fais là ?

- J'espérais te voir… *Je déteste quand elle ment.*

- Faux ! Si tu voulais ME voir, tu ne chercherais pas encore autour !

- Gwen est là ?

- Tu ne mérites pas de la voir !

- Je peux tout t'expliquer, mon chéri…

- Non, tu ne peux pas ! Tu VAS tout m'expliquer ! J'ai failli sortir avec ma sœur !

- Timothy, quand Gwen est née, ton père et moi n'étions pas en capacité d'avoir un enfant. Je n'avais pas de travail et ton père gagnait juste assez pour vivre à deux. Alors, j'ai mis notre enfant à l'adoption. La famille adoptive a vécu la fin de la grossesse avec nous et ils étaient parfaits. Ils avaient déjà des enfants, ils avaient de l'argent et ils aimaient déjà le bébé. C'est grâce à ce nom que je l'ai reconnue. Gilain, comment oublier…

- Tu n'as pas pu oublier son nom de famille, mais tu as oublié de m'informer !

- Ça va Timo…

Gwen s'arrête au milieu de sa phrase en voyant ma mère. Elle tourne les talons. Ma mère, elle, reprend de plus belle.

- C'était tellement dur, ma chérie.

- Je ne suis pas votre chérie ! Vous n'êtes pas ma mère ! Ma famille, c'est la famille Gilain ! Timothy, c'est mon frère, un frère de cœur avant d'être un frère de sang !

Sur ces mots, Gwen part en pleurant. Je cours la rejoindre sans un regard vers ma mère.

Je la retrouve en larme entre deux camions Ferrari et passe une petite demi- heure à la consoler.

~ 92 ~

Autriche

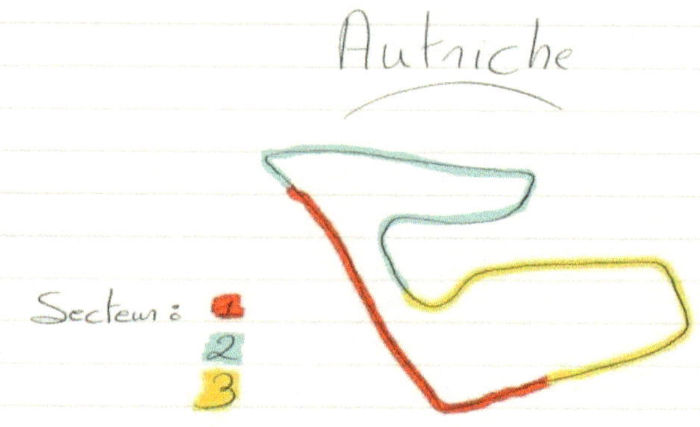

Stratégie de pneu : Médium – Hard – Hard

Pit : 2, 1 s & 5 s. (sans pénalité)

Ma tête était ailleurs
    Lo j'ai vu ma mère biologique pour la 1ᵉ fois

Seulement 5ᵉ...

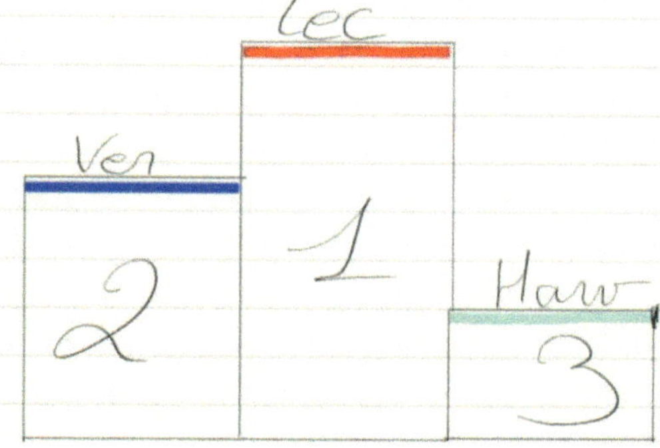

21 juin 2026

Je suis sur le point de rentrer dans les paddocks quand je croise mon petit Timothy. Il me saute dans les bras. Nous passons le portique et prenons un peu de temps avec nos fans.

- Comment vas-tu, mini moi ?

- Super bien et toi, ma maxi moi ?

- Top, je sens bien la voiture aujourd'hui. Le numéro 13 est dans la place.

- D'ailleurs pourquoi le 13, c'est un nombre qui attire le malheur. *me demande-t-il sérieusement.*

- Parce que c'est pile entre le 10 d'Adrien et le 16 d'Augustin. En plus, c'était notre numéro à Antoine et moi, je ne sais pas trop pourquoi.

- D'accord. *me dit-il en souriant.* Et en plus 1 plus 3 ça fait 4. Mon numéro !

J'explose de rire à sa réflexion. On continue de rigoler. On avance dans les paddocks et une fois arrivés devant les stands de chez McLaren, Zak vient nous rejoindre. Je prends le temps de discuter un peu avec lui et Keith s'ajoute à la discussion. Quand vient le moment, je rejoins mes box.

Augustin part de la 17eme place, je décide d'aller le voir d'abord. Je toque à la porte, et je rentre. L'eau coule dans la douche. Je décide donc de lui laisser un petit mot d'encouragement. Je ne veux pas qu'il se crash mais je lui en veux, donc je ne vais pas taper sur son casque. Ce papier me semble être un bon compromis.

Je finis la course sur le podium, avec derrière moi, Augustin et Adrien. On rend ensemble un hommage à Antoine. S'ensuit une douche de champagne.

Direction la zone de média pour une bonne demi-heure.

- Bonjour Gwen, la Ferrari numéro 13 domine encore. Savez- vous que si vous gagnez le championnat du monde cette année, ce sera une première ?

- Bonjour, oui la voiture est magique. Vous savez, j'ai une fâcheuse tendance à prendre les premières fois. Première pilote en F1 depuis 50 ans, première pilote Ferrari, premier podium de F1 pour une femme, première victoire féminine en F1, alors pourquoi pas première championne du monde et premier champion du monde à sa première saison.

- Vous partez à plusieurs pour les vacances ?

- Tous les pilotes partent ensemble à l'exception des vieux. Ludwi, Oliver et Gustavo ne seront pas avec nous.

- Une dernière question, on vous a vu beaucoup plus proche de Timothy ces derniers temps. Une romance en vue ?

- Juste ciel, non !

- Pourquoi ?

- Je suis son frère biologique. Ça ne va pas le faire. *dit Timothy qui passait derrière.*

On finit notre tour média ensemble. Timothy me prend en voiture pour que je ne prenne pas le taxi jusqu'à l'aéroport.

Angleterre
Secteur 1 2 3
Pour Antoine ♡
Stratégie de pneu : Médium – Hard – Médium
Podium : les 4 mousquetaires
↳ tu seras toujours avec nous Antoine.
Je me vais non ajouter...
tu me manques Antoine ♡
G.L (G)
LEC
2 1 GiL (A)
3
I ♡ U

<u>*La trêve estivale*</u>

On arrive dans le jet privé où tout le monde nous attend. L'avion est plongé dans un silence complet. Tout le monde nous observe. Je sens le regard de Keith se déposer sur Timothy et moi.

- Quelqu'un pourrait dire quelque chose, ça devient gênant. *je dis sur un ton léger*

- Alors c'est vrai ? Vous êtes frère et sœur Tea-boy et toi ? *nous demande Mick.*

- Oui

- Oh, my lord! *réagit Lawrence.* Mini-A et Tea-boy ! Donc le format mini allumette est génétique.

Tout le monde éclate de rire. Chacun choisit sa place, pour le vol. Je m'assieds avec Lawrence, Mick et Adrien. Timothy, lui, s'assied plus loin avec Keith.

<u>**POV Timothy Nelson**</u>

Tout le monde autour de nous s'est endormi. Keith écoute sa musique, en face de moi qui regarde ma série.

Je sens la basquette de Keith contre mon tibia. Il tapote sur ma jambe et me regarde dans les yeux. Je retire mes écouteurs et lui les siens.

- Tu veux me parler Kei ?

- Oui…

- Vas-y.

- Tu savais pour toi et Gwen ce soir-là ?

- Non, on ne savait pas. C'est assez étrange pour nous, donc je comprends que ça te perturbe…

- Toi aussi, tu as l'air préoccupé.

- Oui, mais c'est rien…

- Tu peux tout me dire Timothy…

Je me penche vers lui et lui souffle délicatement à l'oreille "Depuis ce soir-là, je ne pense qu'à toi." Il fait de grands yeux, et a un sourire en coin, celui qui le rend si beau.

Je sens son pied remonter le long de ma jambe. Il pose sa main sur la mienne et me fait un clin d'œil.

- Dis quelque chose, je t'en supplie.

Il regarde autour de nous, vérifie que tout le monde dort, vient s'asseoir à côté de moi, et pose ses lèvres sur les miennes. Je réponds à son baiser et passe ma main dans ses cheveux. Il fait glisser sa main le long de ma joue, le baiser est tendre, plein de sentiments.

Quand on s'éloigne, ses yeux pétillent, il a ses fossettes à la suite de son grand sourire. Ses yeux bruns observent chaque recoin de mon visage avant de se plonger dans mes yeux bleus.

- Tu regardais quoi, little heart ?

- Ocean's eleven. Attends, tu m'as appelé comment ? Je t'aime Kei

- Moi aussi je t'aime.

Je lui tends un de mes écouteurs et on continue le film ensemble.

Quand je me réveille, Adrien et les autres dorment. Je me redresse et je remarque que Timothy et Keith regardent le même film et se sont endormis ensemble. Ils sont mignons comme amis. Des amis inséparables.

On atterrit à Papeete. On rejoint notre villa, à Taapuna. Pour les chambres, je dors avec Adrien, Timothy et Keith ensemble, Max et Checo, Lance et Mick, Esteban et Augustin, Valtteri et Kevin, Alex et Lawrence, Zhou, Carlos et Kenji.

Une semaine est passée depuis notre atterrissage. On a beaucoup visité, on a fait du surf. Et ce matin, je vais aller courir.

Je pensais m'être réveillée la première pour aller courir. Mais visiblement non, puisqu'il y a un petit papier sur la table expliquant que Lawrence est parti courir.

- Tu es sexy comme ça, tu sais ? *Cette voix me fait frissonner*

- Il a un problème, le Monégasque ?!

- Je ne fais que profiter de la vue. Par contre, il n'y a que le corps qui est bon. Parce que la menteuse, hypocrite …

- Pardon ?!?

- Pas de sexe sans amour tu disais, salope !

- ESPÈCE DE CONNARD FINI !!!

PAF !

Augustin à la joue rouge suite à la claque que je viens de lui mettre. Je claque la porte de la villa, mets mes écouteurs dans mes oreilles et coupe toute notification ou appel. Plus le temps passe, plus j'accélère.

Quand je n'en peux plus, je m'assois sur un banc pour respirer. Quelqu'un s'assied à côté de moi et pose sa main sur mon épaule. Je ne le regarde pas. Il ne me parle pas. On reste là, sans que rien ne se passe, pendant une heure. Les larmes coulent sur mes joues.

Je finis par retirer mes écouteurs, et sans regarder la personne à côté de moi, je décide de lui poser une question.

- Pourquoi vous restez là ?

- Je dois avouer ne pas comprendre votre question, mademoiselle ?

- Vous restez là, votre main sur mon épaule, pour me consoler, sans rien dire. Vous avez sûrement mieux à faire.

- J'aimerais comprendre, pour vous enlever un poids.

- Je ne comprends pas votre démarche.

- Je ne vous demande pas de comprendre, mademoiselle.

- Très bien. Il y a cet ami d'enfance à qui j'ai donné ma virginité. Je pensais que lui aussi avait des sentiments pour moi, mais en fait il voulait juste une sex-friend.

- Et vous lui avez dit quoi ?

- Que le sexe sans amour ce n'était pas pour moi, s'en est suivi une énorme dispute. Un ami est venu me réconforter. Et… et… j'ai fini dans son lit.

- N'ayez pas honte. Vous faites ce que vous voulez de votre corps. Continuez.

- 3-4 jours après, j'ai à nouveau fait l'amour avec le même garçon et un deuxième. Ils travaillent ensemble. J'ai appris le lendemain que le deuxième était mon frère biologique.

- Vous ne pouviez pas savoir…

- Aujourd'hui, mon ami d'enfance est venu me voir au matin, il m'a dit que j'étais vachement sexy, et que c'était dommage que je sois une pute hypocrite et menteuse. Je me suis rendue compte que je me suis servie du sexe pour oublier. Mais ça veut dire que je me suis servie des garçons.

Mes larmes redoublent.

- Ne pleure pas et oublie ce con, il ne te mérite pas, l'écusson Ferrari ne fait pas tout.

Je relève la tête.

- Law… Law… Lawrence ?
- Tu veux qu'on marche un peu ?

Je hoche la tête. Il m'aide à me relever et passe son bras autour de mon épaule. On marche en ville puis vers la villa de location. Il me rassure sur la route. Il m'explique qu'il sera toujours de mon côté quoi qu'il arrive, comme un meilleur ami. Il m'explique que Ludwi et Oliver sont là pour moi, que mes frères ne m'abandonneront pas et que Keith comprendra.

Quand on passe la porte, je vois qu'Adrien et Timothy pleurent dans les bras de Keith, Mick est en visio avec Ludwi et Oliver, les autres s'agitent sur leurs téléphones, et Augustin, il m'observe avec la joue encore rouge.

- Elle va bien. *Dit Lawrence simplement.*

Tout le monde lève la tête et me regarde. Adrien et Timothy me prennent dans leurs bras et Lawrence s'éloigne. Une heure plus tard, personne n'a parlé à Augustin, personne ne veut lui parler. Lawrence a disparu depuis ce matin.

TOC TOC TOC

- Lawrence ?
- Oui… *sa voix est tremblante.*
- Je peux entrer ?
- Si tu veux…
- Merci pour tout à l'… Ça va ?

Il a les yeux rouges et gonflés, la tête baissée et la voix cassée.

- Ça aurait dû être quelqu'un d'autre ce matin. J'aurais dû leur dire où tu étais et les laisser faire…
- Non ! Tu as tout bien fait. Personne ne t'en voudra pour ça. Moi je suis heureuse que ce soit toi qui m'aies retrouvée Lawrie. *Je pose délicatement mes lèvres sur sa joue. Le baiser est salé à cause des larmes.*
- Merci
- Avec plaisir

Je passe ma main dans ses cheveux pour le réconforter. Il part à la douche, alors je vais rejoindre Adrien.

- Ça va frangine ?
- Mieux
- Je suis désolé pour Augustin.
- Ne t'inquiète pas. Adrien ?
- Oui ?
- Je suis prête à donner le bracelet.
- C'est vrai ? A qui ?

-       Le seul de mon côté mais qui veut aussi le point de vue
        d'Augustin. Comme le faisait Antoine.

Je lui montre Lawrence qui est en train de soigner Augustin tout en lui parlant.

-       Je n'ai rien à dire, mais il me plaît.

On nous appelle pour le barbecue. Je suis assise en face de Lawrence, entre mes deux frères et pas trop loin d'Augustin. Le repas se passe bien, je sens le regard d'Adrien sur moi, il sait que j'attends le bon moment. Adrien me chuchote à l'oreille et en français qu'il n'y aura pas de bon moment. Je hoche la tête.

-       Lawrence, je peux avoir ton bras et ton attention deux
        minutes, s'il te plait.
-       Bien sûr. *Il me tend son bras.*
-       Tu as sûrement entendu parler de mon meilleur ami, Antoine.
-       Oui ? ...
-       J'ai hérité de son bracelet avec la consigne de trouver un quatrième
        mousquetaire. *Je détache le bracelet de mon poignet.* Tu serais
        d'accord d'être le quatrième mousquetaire ?
-       Oh my lord ! bien sûr. J'en suis honoré.

Je ferme le bijou sur son poignet et lève les yeux au ciel. Mon frère me serre l'épaule en guise de félicitations et Lawrence reprend la parole.

-       Juste une question, pourquoi moi ?
-       Après ce matin, tu es le seul à avoir fait la part des choses et à être
        allé soigner Augustin. C'est ça le rôle du quatrième mousquetaire.

Lawrence vient nous prendre, Adrien et moi, dans ses bras avant d'aller près d'Augustin.

Le reste de la journée se passe dans la bonne humeur. Même si Augustin reste loin de moi, aucune gêne et aucun clan dans le groupe.

Cela fait trois jours que j'ai offert à Lawrence le bracelet et aujourd'hui j'ai décidé de ne rien faire à la villa pendant que les garçons se promènent.

POV Timothy Nelson

J'ai prévenu les garçons, Keith et moi on fait la grasse matinée aujourd'hui. Et comme il n'y aura personne, aucun risque qu'on nous prenne en train de nous embrasser.

Mon bel australien dort à côté de moi. Il est si paisible, je me surprends à être apaisé en le regardant dormir.

Je le sens gigoter un peu avant d'entrouvrir les yeux. Il passe une main dans ses cheveux et dépose ses lèvres dans mon cou. Il me tire près de lui pour se blottir contre moi. Je lui caresse le dos lentement.

- Embrasse-moi little heart…
- Avec plaisir little baby…

Je pose mes lèvres contre les siennes.

- On est seul ?

Je lui confirme que la maison est à nous. Il n'a pas l'air décidé à vouloir sortir du lit mais vachement décidé à ne plus dormir. Il commence à me mordiller le lobe de l'oreille, sa main glissant le long de mes abdos.

- J'ai envie de toi Timothy…

Il n'en faut pas plus pour me convaincre. Je pose mes lèvres sur les siennes, laissant mes mains voyager partout sur son corps.

Je suis sur le point d'atteindre le point de non-retour quand j'entends frapper à la porte. Keith abandonne mon corps à la vitesse d'une formule 1, m'embrasse et court à la douche. Je me remets sous les draps pour que ma nudité soit cachée.

Je réponds à la personne qui frappe de rentrer. Gwen passe sa tête par l'ouverture de la porte.

- Vous n'êtes pas partis avec les autres ?
- Non, on voulait faire la grasse mat.

Elle saute sur le lit, heureusement au-dessus de la couverture, et se blottit contre moi. Keith sort de la salle de bain et prend Gwen en sac à patate sur son épaule pour sortir.

POV Gwen Gilain

Cinq jours ont passé depuis cette matinée. Aujourd'hui, Lawrence vient se promener avec moi, les autres n'ont pas voulu venir. On finit par se poser au bord de la plage.

- Elle est belle cette vue. *Dis-je plus pour moi que pour lui.*
- Très. Vous avez tous un bracelet ?
- Non. Moi, c'est mon collier, Adrien, la chaîne avec son crucifix, et Augustin, la bague à son index. Tu lui ressembles.
- Tu trouves ?
- Oui. Tu es quelqu'un de raisonné, de prudent, mais qui pourrait faire des folies pour les personnes qui te sont chères.
- Tu m'as bien cerné…
- On a notre propre cabane.

- A vous quatre ?

- Non, juste Antoine et moi. Du circuit de F1, tu prends le bus et c'est au milieu des bois. C'est magnifique. On peut y voir les étoiles…

- Il devait beaucoup t'aimer.

- C'était mon frère de cœur. Mais je crois qu'Augustin ne m'a jamais crue. Pourtant, il n'y avait rien de plus. Juste de l'amour fraternel.

- Tu l'aimes Augustin ? *me demande-t-il. J'ai la sensation qu'il y a de l'inquiétude.*

- Je ne sais pas, je l'aimais mais je ne sais plus quoi penser. Je suis sûre qu'on pourrait redevenir amis, comme avant. Mais c'est comme s'il ne voulait plus. Comme s'il ne voulait que le sexe ou la haine. Sans aucun entre deux.

- Vous finirez par vous comprendre, j'en suis sûr.

- J'ai toujours eu l'impression qu'Antoine m'avait abandonnée. Pourtant, il m'a dit lui-même dans sa lettre que ce n'était pas le cas. Plus j'ai évolué dans le Kart plus j'ai dû rester loin d'Adrien et Augustin. Mais, eux ne m'ont pas abandonnée, ils m'ont attendue. Sans cet accident, on serait tous les quatre en F1. Antoine avait un contrat pour l'année d'après. Mais il n'est plus là…

- Moi, je suis persuadé qu'il est là-haut ; qu'il vous regarde fier et qu'il vous attend. Mais ne le rejoins pas trop vite. Moi, je suis bien avec toi, ici sur terre. Je ne serai jamais lui. Mais je ferai de mon mieux pour mener à bien la mission que tu m'as confiée.

- Merci Lawrence.

Je pose ma tête sur son épaule et on reste encore un peu là, en silence, à observer l'horizon avant de rentrer à la villa.

On a passé le reste des vacances à papoter et à s'amuser. Je suis avec Adrien et Kenji dans l'avion, quand Kenji ouvre grand les yeux.

- Je t'ai pas dit, Adrien.

- Dis-moi, Kenji

- Timothy, il avait un gros suçon dans le cou à Monaco. Ça c'est normal. Mais Keith est venu lui dire qu'il avait kiffé la nuit.

- Ah bon ??

Adrien se tourne vers moi avec de gros yeux très intrigués mais n'insiste pas. Je passe la suite du vol près de Lawrence, Keith et Timothy, à jouer à Uno.

<u>*GP de France : du 17 au 19 juillet 2026*</u>

<u>**18 juillet 2026**</u>

Le retour sur les paddocks s'est fait avec une mauvaise nouvelle. Ludwi prend sa retraite à la fin de la saison. J'ai clairement le moral dans les chaussettes, parce qu'en plus, les qualifs n'ont pas été très bonnes.

Je sors triste de mon box, le grand prix de demain me stresse beaucoup. C'est mon grand prix à la maison.

- **Gwen**

- **Augustin ?**

- **Je ne vais pas y aller par quatre chemins…**

- **Je t'écoute**

- **Tu n'es clairement pas faite pour la course.**

- **Pardon ?!**

- **L'équipe a besoin de toi, et toi tu chiales le futur départ d'un pilote comme les autres. En plus, tu nous fais une qualif de merde. On est en France putain ! Tu connais le circuit par cœur ! Et pour en rajouter, tu fais honte à Antoine en voulant le remplacer !**

Je tremble, tourne les talons et pars récupérer mon sac dans ma driver- room.

Augustin est en train de parler avec Giuseppe.

- Excusez-moi de vous interrompre.
- Que se passe-t-il ? *me demande Giuseppe*

-   Je ne suis pas au top de ma forme. *J'ai les larmes aux yeux.* Je ne saurais pas piloter demain, je suis désolée. *Je fonds en larmes.*

Je leur tourne le dos et marche le plus vite possible vers la sortie des paddocks. Timothy et Adrien me croisent, et essayent de m'arrêter. Giuseppe tente de me rattraper et s'arrête près d'Adrien et Timothy en me voyant monter dans un bus. Mon téléphone n'arrête pas de sonner, je décide de le mettre en mode avion, et de mettre la musique à fond dans mes oreilles.

POV Lawrence Robins

Je marche dans le paddock assez fier de mes qualifications, quand je croise Giuseppe, Adrien et Timothy paniqués sur leurs téléphone et Augustin à côté d'eux.

-   Tout va bien les gars ?

-   Non ! Gwen est partie en pleurant, elle est montée dans un bus et depuis elle est injoignable. *me dit Adrien très angoissé.*

-   Respire… Qu'est-ce qui l'a mise dans cet état ?

-   ON NE SAIT PAS !!!! *me crie Timothy*

Augustin regarde la scène comme s'il était au théâtre.

-   Toi ! Toi tu sais ! *Je dis à Augustin.*

-   Moi ? *Son ton hautain me dégoute*

-   J'en suis sûr ! Tu en es même la cause.

-   Pardon ?!

-   Ta gueule ! *Adrien vient de faire taire Augustin d'un coup sec*

Je réfléchis. J'essaie de retrouver, dans les conversations qu'on a eues, un indice d'où elle pourrait être. On ne parle pas énormément, pas toujours en profondeur. Parler d'Antoine avec moi lui fait du bien. Antoine ! Oui c'est ça.

- Adrien

- Oui ?

- C'est ici le circuit près de chez Antoine ?

- Yep, pourquoi ?

- Tu as le numéro de Nathalie, la maman d'Antoine ?

- Oui…

- Je peux l'appeler ?

Adrien à un regard intrigué et me tend son téléphone. Après deux sonneries, on décroche.

- **Allô Adrichou ?** *me dit une voix féminine*

- Excusez-moi, pouvons-nous parler en anglais ?

- Que se passe-t-il ?

- On est au circuit du Castellet, Gwen est partie et ne donne plus de nouvelles. Quel est le numéro du bus ?

- Si vous savez, c'est qu'elle vous fait confiance. Bus 7, arrêt numéro 7, une cabane au milieu des bois. Je n'en sais pas plus.

- Merci beaucoup.

- Prenez soin d'elle.

Elle raccroche et je rends son téléphone à Adrien. Ralf

passe par là en cherchant Oliver.

- Lawrence, tu n'as pas vu Oliver ? *me demande-t-il*

- Nope. Et je ne cours pas demain. *Je me tourne vers Giuseppe.* Ne t'inquiète pas je vais la retrouver.

- Dans tes rêves ! Demain, tu es dans ta voiture sinon, plus jamais tu ne poseras ton cul dans une Mercedes en Formule 1! *me dit Ralf rouge de colère.*

- Je pars pour un problème personnel. Et si ça implique la fin de ma carrière, ...

- Vas-y, fini ta phrase.

- Ça me va très bien !

Je récupère vite mon sac et pars prendre le bus. Je descends à l'arrêt numéro 7, je rentre dans le bois, après une bonne dizaine de minutes de marche j'arrive devant la cabane.

Celle-ci est la seule dans les environs, elle est en bois et le terrain autour a été aménagé. Il y a quelques arbres autour, et juste au milieu de la partie tondue il y a un cerisier du japon.

Il y a de la musique à fond à l'intérieur. J'entrouvre la porte, et je remarque que Gwen est en train de parler. Elle discute comme si Antoine était avec elle. Je reste là et je l'écoute.

- Tu me manques, tu sais. Augustin a peut-être raison… Je n'ai pas ma place en Formule 1. Tu dois être tellement bien là- haut. Tu serais d'accord que je te rejoigne ?

- Quoi ?! Non ! On a besoin de toi ici ! Tu as ta place parmi nous ! Tu es à ta place. Peu importe ce que dit cet idiot de Monégasque.

- Lawrence ?! *Elle fond en larmes.* Qu'est-ce que tu fais là ?

- Je viens te retrouver.

- Je veux arrêter de souffrir. Tu ne dois pas voir ça. Va-t'en.

- Non !

- Pourquoi ?

- Je veux t'aider, Gwen.

- Je veux oublier moi !

- Tu crois qu'Antoine voudrait que tu te tues parce qu'un con a
  ouvert sa grande gueule.

- Non, il ne voudrait pas…

Elle tombe en larmes dans mes bras. Je m'assois en tailleur par terre en la
berçant. Elle cale petit à petit sa respiration sur la mienne.

- Plus jamais tu ne me demandes de t'abandonner. *je lui
  chuchote à l'oreille.*

Elle sourit et s'endort. Je décide d'appeler Ralf pour pouvoir parler à Giuseppe.

- Tu as changé d'avis ? *me dit sèchement mon patron.*

- Pas vraiment… Tu es avec Giuseppe ?

- Oui.

- Tu peux mettre en haut-parleur.

- Lawrence ? Comment elle va ? *me demande Giuseppe inquiet.*

- Physiquement, elle va très bien.

- Et mentalement ?

- Vous avez bien fait de vous inquiéter. Elle voulait mettre fin à ses
  jours.

- C'est qui pour toi ? *nous interrompt Ralf.*

- C'est tout pour moi, elle est mon pilier.

- Et tu es le sien. Elle a bien choisi. *me dit délicatement
  Giuseppe.*

- Tu as abandonné ton baquet, juste pour elle ? Quand vous êtes prêts à revenir, ton baquet t'attend. *me dit Ralf.*

- Le sien aussi. *continue Giuseppe.*

- Merci, passez une bonne soirée.

Je raccroche et réveille doucement Gwen. Je lui demande si elle a de la nourriture. On mange à notre aise en rigolant. Gwen retrouve peu à peu le sourire. Elle me fait visiter toute la cabane avec plein d'anecdotes. Je lui demande de m'apprendre à parler français et à jouer de la guitare.

La jolie brune me présente ses tatouages, le logo d'Adrien et d'Antoine sur son poignet droit parce que ce sont ses frères, elle veut faire rajouter le logo de Timothy. Elle a aussi une étoile et une lune derrière l'oreille. L'étoile pour sa passion pour l'astrologie, qu'elle partageait avec Antoine, et la lune à cause d'une blague d'Augustin. "Vous dites que c'est votre étoile la plus brillante mais moi je dis que c'est celle-là ! Ah non, c'est la lune !"

On se pose dans la chambre, et elle sort les guitares. Elle me donne la sienne et prend celle d'Antoine. Elle m'apprend à jouer des morceaux basiques et les accords de base. Je lui ai demandé de me parler en français et elle l'a fait. C'était difficile de la comprendre au début mais elle m'a réexpliqué. C'est quand on remarque qu'il est deux heures du matin, qu'on décide d'aller se coucher.

- **Lawrence ? Tu veux bien dormir avec moi ?**

- **Oui bien s-our.**

- **On dit "sûr".**

Je souris et la prends dans mes bras. Elle s'endort se servant de mon torse comme d'un oreiller.

Sa respiration me détend, mais je n'arrive pas à dormir. Elle a laissé un fond de musique pour s'endormir.

J'attrape le livre qui est posé sur la table de nuit. Un Harry Potter, il est en français mais c'est pas grave, je les connais par cœur.

Je me réveille avec un mal de crâne mais apaisée. Je lève la tête, Lawrence dort avec un Harry Potter dans les mains.

Je me lève, et fouille les armoires. Les assiettes et les couverts sont encore en vie. Je fais la vaisselle, et appelle le magasin du village à côté. C'est toujours la même patronne et elle va envoyer quelqu'un nous apporter les courses.

Quand Lawrence se lève, tout est prêt. Viennoiseries au menu du petit-déjeuner. On déjeune au calme, la musique tourne toujours, on a décidé de ne pas courir en Hongrie et de revenir en Belgique, cela nous laisse une semaine et demie ici. On a prévenu Giuseppe et Ralf pour qu'ils ne s'inquiètent pas.

Le Castellet

Secteurs **1** - **2** - **3**

Lawrence et moi nous faisons vite à cette vie de peu. Ça me fait du bien d'être loin des médias et de mes problèmes. On est juste là, dans notre bulle au milieu des bois. On retourne presque en enfance. On lit, on joue, on vit au rythme de notre propre musique, et on parle beaucoup.

- Parle-moi de ta famille Lawrie…

- Et bien je suis fils unique, mes deux parents vivent une belle vie en Angleterre. J'essaie d'aller les voir mais la plupart du temps, on s'appelle.

- Ils ne vont pas s'inquiéter de ne pas voir leur fils à la télé aujourd'hui et demain.

- Je leur ai dit que tout était normal et calculé.

Je souris et il me sourit en retour. Je ne peux m'empêcher de l'observer. Ses cheveux bruns sont coiffés avec du gel, légèrement vers le haut. Il est plus grand que moi et se sert beaucoup de cette différence pour se moquer de moi.

On a choisi de ne regarder ni les qualifs, ni le grand-prix, autant constater les dégâts après notre mini trêve.

La semaine est passée vite. Il nous reste deux jours ici avant de reprendre le train direction la Belgique.

Il est tard, Lawrence a organisé une dernière soirée. On s'est beaucoup rapprochés et je ne sais pas quoi en penser. Lawrence est plus qu'un meilleur ami, mais je ne le vois pas comme un frère.

- **Ce soir, c'est pique-nique face au coucher de soleil, mademoiselle.**

- **Avec grand plaisir, très cher.**

Il sourit et me fait sortir de la cabane. Il m'emmène sous le cerisier du japon, et on s'assoit sur une nappe.

- Tu sais que c'est l'arbre d'Antoine et moi ?
- J'avais cru comprendre.

Le repas est bon, et en dessert, on mange des fraises. Lawrence lance de la musique sur son baffle, se met à pieds nus, et danse sous le ciel étoilé. Quand ma chanson préférée commence, je retire mes chaussures et le rejoins, il me prend dans ses bras, lui aussi semble aimer la chanson. On reste blottis l'un contre l'autre jusqu'à la fin de la chanson.

- *'Cause all of me...*
- *Loves all of you...*
- *Love your curves and all your edges...*
- *All your perfect imperfection...* *

Après la chanson, on se couche sur la nappe, et on regarde les étoiles. J'apprends à Lawrence certaines constellations.

- Fais un vœu ! *je lui dis en montrant une étoile filante.*

Il ferme les yeux et rougit un peu.

- C'est fait.
- J'espère pour toi que ça se réalisera, Lawrie.
- On va voir ça tout de suite...
- Comment ça ? *je lui demande intriguée.*
- Je t'aime Gwen.
- ...

* Extrait de la chanson "All of me" de John Legend

-   Dis quelque chose, s'il te plait…

Je ne dis rien, prends son visage dans mes mains et l'embrasse tendrement. Je le sens sourire contre mes lèvres, avant qu'il ne réponde à mon baiser.

-   Vous me faites tourner la tête Monsieur Robins…

-   Et vous donc Mademoiselle Gilain…

-   Je ne veux pas aller trop vite.

-   A ton rythme, ne t'en fais pas.

Je me blottis dans ses bras, et m'endors au rythme calme de sa respiration.

Quand j'ouvre les yeux, je suis dans mon lit. Lawrence me serre avec force dans ses bras, pourtant il dort à poings fermés. Je reste blottie auprès de lui, et dessine avec mon doigt ses abdos sur son torse nu. Ce midi, on part pour la Belgique, et on va être obligés d'avoir une réunion avec Ralf et Giuseppe.

Je repose mon téléphone sur la table de nuit, qui se met à sonner. Un visio de Giuseppe ! Je tente de me dégager des bras de Lawrence, mais c'est mission impossible. Je décide d'assumer et réponds.

- Oulà, ça c'est la tête du réveil. *me dit mon patron un sourire aux lèvres.*

- Oui. Que me vaut cet appel matinal ? En vidéo en plus.

- Je suis avec Ralf, donc on va faire la réunion maintenant. Peux-tu aller chercher Lawrence ?

- Bien sûr…

Je me retourne et passe ma main dans les cheveux de l'anglais.

- Lawrie, lève-toi…

- Pas maintenant Babe.

- Giuseppe et Ralf sont en visio.

- Oh fuck !

Il se redresse et ouvre grand les yeux. Giuseppe est tout sourire, Ralf, lui, est entre joie et rage.

- Babe ? *nous demande Giuseppe.*

- Donc c'est la merde ! *S'exclame Ralf*

- Médiatiquement parlant, oui… *répond Lawrence.*

- Ralf, ils sont heureux, amoureux, et discrets. Laisse-leur une chance. *Dit délicatement Giuseppe*

- Ne merdez pas les jeunes ! Aucun média ne doit le savoir ! Personne dans le paddock ! AUCUN PILOTE ! Même pas les deux frères de la demoiselle. C'est la seule condition mais elle n'est pas négociable !

- Mais Ral…

- PAS DE MAIS !!! *m'interrompt-il*

- Ok

- Ok

-   A jeudi les amoureux.

-   A jeudi et ne merdez pas.

Nous sommes tous les deux choqués dans le lit. Je vais devoir mentir à Adrien et Timothy. Mais surtout à Ludwi et Oliver qui, eux, lisent en moi comme dans un livre ouvert. Je ne la sens pas cette histoire.

J'ai une surprise pour Lawrence. Je vais planter un arbre, comme je l'avais fait avec Antoine, pour marquer notre relation. C'est toujours la même personne qui s'occupe du jardin et il apprécie toujours de le faire.

No race, just love !

GP de Belgique : du 21 au 23 août 2026

J'arrive dans le paddock et Adrien me saute dans les bras. On est vite rejoint par Timothy. Je les rassure, leur dis que je vais bien et je m'éclipse.

Je me balade quand je me sens tirée entre deux box. La personne me plaque au mur et m'embrasse. Je reconnaîtrais cette odeur entre mille. Je réponds au baiser de celui que j'aime.

- Suis moi… *je lui chuchote à l'oreille*

Je passe par la porte arrière de ma driver room. Je verrouille les deux portes et Lawrence vient m'embrasser. Je le tiens dans mes bras comme si ma vie en dépendait. Son parfum me rassure. Il me serre encore plus contre lui. Il passe sa main dans mes cheveux et me regarde dans les yeux.

- Comment tu vas ?
- J'aime pas piloter en Belgique. Et je peux pas t'avoir auprès de moi… *je lui répond très honnêtement*
- Je suis là, princesse.
- Pas avec moi, on doit se cacher pour se voir…

Il passe la bague de son index à mon pouce et embrasse le haut de mon crâne. Il me dit qu'il m'aime et ressort par là où il est rentré.

Les qualifications ne se passent pas au mieux mais vu mon état je suis contente.

Augustin me rattrape dans les paddocks et m'attrape par l'épaule :

- Donc tu te casses sans raison, tu disparais pour deux grands prix, tu reviens, tu fais de la merde, et tu as le sourire aux lèvres ?!
- Bonjour à toi aussi Augustin, je suis heureuse de te revoir aussi, passe une très belle journée.

Je pars rejoindre la presse.

- Bonjour Gwen, ce week-end est plein de souvenirs. Pensez- vous qu'Antoine serait fier de vous ?
- Je l'espère et j'aime penser qu'il est fier de moi là-haut et qu'il m'encourage de tout son cœur.
- Quel est la raison de votre absence au grand prix de France ?
- J'ai été malade et j'ai préféré ne pas risquer un accident à cause de ma fatigue. Je suis donc rentrée me reposer.
- L'absence de Robins fut la même que la vôtre. Est-ce lié ?
- Oh, euh non je ne pense pas. Je dois vous avouer que je n'ai pas encore vu Lawrence et je ne sais pas exactement pourquoi il s'est absenté.
- Vous ne paraissez pas encore en pleine forme. Êtes-vous sûre d'être en état de courir ?
- Comment voulez-vous que j'aille bien ? On est sur le circuit où la personne que je vois comme un frère de cœur est morte. Comment voulez-vous que j'aille bien à l'endroit où j'ai tout perdu, où j'ai pensé que ma vie allait s'arrêter. Je ne vais pas bien ! Mais vous voulez que je fasse quoi ? Que je me cale au fond de mon lit ?! Et bien non, je vais me battre, me battre pour le rendre fier. Et il n'est pas là pour me soutenir dans les box et je le sais. Mais je ne suis pas seule. Alors vous avez raison, je ne vais pas bien mais j'en suis presque fière parce que j'ai les bonnes raisons.
- Oh et bien bon week-end Gwen

La course ne s'est pas bien passée, j'ai fini 14ème. J'envoie un message à Lawrence pour qu'il me rejoigne à l'hôtel.

Il frappe à la porte et entre délicatement. Il me trouve en larmes sans pouvoir m'arrêter, tout habillée sous la douche. Il coupe l'eau et me prend dans ses bras, et passe ses mains dans mes cheveux.

-   Calme toi princesse. Je suis là pour toi. Je suis près de toi. Je vais te protéger, je sais que ça fait mal, je sais que tu souffres et je veux comprendre ta douleur et je veux t'aider.

Il démarre de la musique et me tend son téléphone pour que je puisse choisir la chanson. Je choisis "Somewhere only we know".

"I walked across an empty land
I knew the pathway like the back of my hand
I felt the earth beneath my feet
Sat by the river and it made me complete"

Il me porte jusqu'au lit et je me blotti contre lui. La fin de la chanson m'apaise et je tombe endormie.

"And if you have a minute, why don't we go

Talk about it somewhere only we know?

This could be the end of everything

So, why don't we go somewhere only we know?

Somewhere only we know

Oh, simple thing, where have you gone?

I'm getting old, and I need something to rely on

So, tell me when you're gonna let me in

I'm getting tired, and I need somewhere to begin

And if you have a minute, why don't we go

Talk about it somewhere only we know?

This could be the end of everything

So, why don't we go?

So, why don't we go?

Ooh, oh-oh

Ah, oh

This could be the end of everything
So, why don't we go somewhere only we know?
Somewhere only we know
Somewhere only we know"

Je me réveille avec un mal de tête pas possible.

- Tu es réveillée ?

- Oui, merci pour hier soir.

- Avec plaisir.

- Viens avec moi à Monaco ! Entre Bakou et Miami. Je vais quelques jours en Angleterre, je te récupère et on va à Monaco. *Je lui propose.*

- Et Augustin et Adrien ?

- Je gère.

<u>Spa-Francorchamps</u>

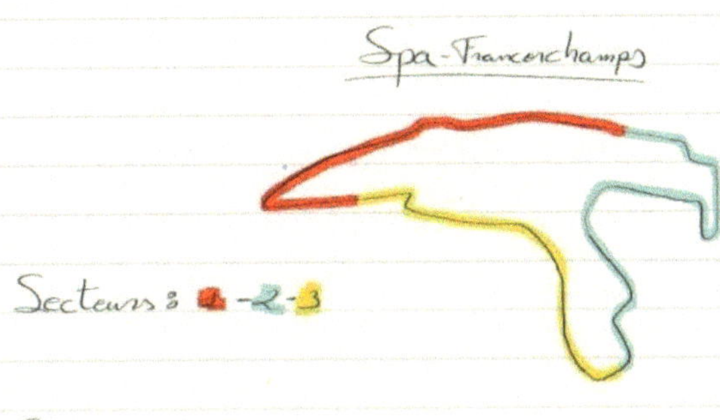

Secteurs : 1 - 2 - 3

Stratégie de pneus : Médium - Hard

Pour Antoine ♡ Sorry d'être Seulement 14° ♡ Miss U

(Ne t'inquiète pas Lawrence veille sur moi)

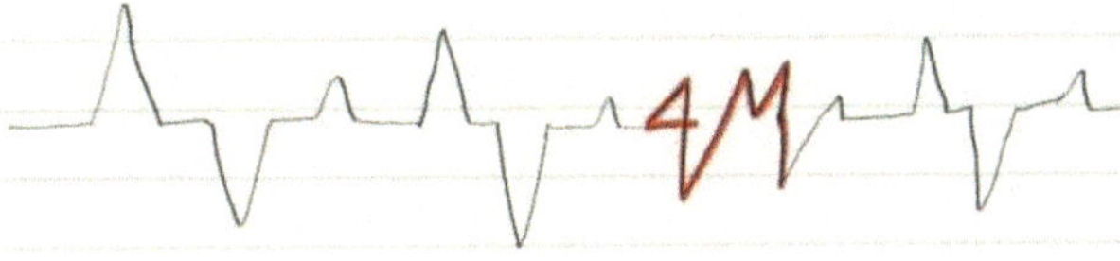

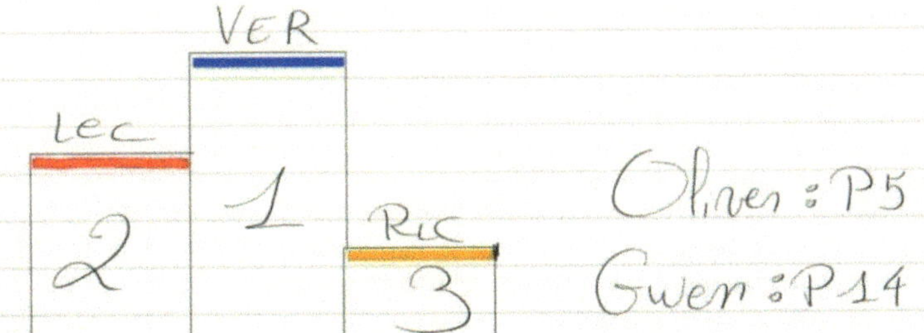

GP de Monza : du 28 au 30 août 2026

J'ai le moral dans les chaussettes, je n'y arrive plus. Tous mes doutes refont surface. Et si Augustin avait raison.

- Hé ho, Gwen, tu es sur terre ?

- Pardon Ludwi, je pensais aux pa…

- Aux paroles d'Augustin. *Complète Oliver.*

- Et s'il avait raison ?

- Tu te bases sur quoi ? La France ou la Hongrie ?

- Sur la Belgique, Oli.

- Donc, sur un seul grand-prix. Tu as étudié un jour dans ta vie ? On croise les informations, on ne tire pas de conclusion sur un seul cas, et je passe d'autres principes de base.

- Il a raison ma puce. Tu n'es pas nulle parce que tu as fini une fois quatorzième. Lui a un problème beaucoup plus grand : il est irrégulier. Laisse-toi porter, tu es chez Ferrari et tu vas voir, c'est magique.

Je pars pour les petites interviews sur scène, avec le public en face, la foule est rouge, les drapeaux italien et Ferrari sont de sortie. J'entends mon prénom acclamé quand je monte sur scène, j'en ai les larmes aux yeux et j'insiste pour aller signer des autographes auprès des fans.

C'est magnifique, toute c'est foule me booste, et je rencontre une très gentille jeune femme, elle me sourit, et me demande une photo, j'accepte et elle me souffle à l'oreille : "j'aurais voulu être comme vous".

Je lui souris, et là regarde droit dans les yeux : "Tu le peux, tu es plus forte que n'importe qui, je le vois".

La course me remonte le moral. En effet, la foule m'a portée, des milliers de personnes réunies ici pour acclamer Ferrari. Tout le monde est le bienvenu, les fans de Red-bull se mélange au fan d'Aston Martin, de McLaren et de Ferrari, comme une très grande famille. Je pourrais presque les entendre chanter jusqu'à dans ma voiture. Si Augustin, lui, se prend le mur, tout seul, comme un grand. Moi je fini 4ème.

Toute ma surprise arrive au moment du podium, quand Oli et Ludwi sortent une énorme banderole avant d'ouvrir le mousseux. "un piccolo "fratteli d'italia" per Gwen ?"

Le chant s'élève de tout le public, qui main sur le cœur, chante l'hymne italien et le chante pour moi.

Je croise Lawrence, seul, après le carré média. Je le pousse entre deux box et l'embrasse à pleine bouche. J'ai besoin de le sentir près de moi.

- Viens dormir avec moi, mon Lord.

- Bien sûr, ma princesse.

- Je ne veux pas repartir, je suis bien ici.

- N'aie pas le baume au cœur, tu reviendras vite.

Monza

Secteurs

1
2
3

Stratégie de pneu : Soft - Médium

Augustin s'est pris le mur, tout seul comme un grand !!

Je suis quatrième pas top mais je trouve que c'est déjà bien.

Pit stop un peu lent : 2,6

Je suis contente pour Ok et Ludwig

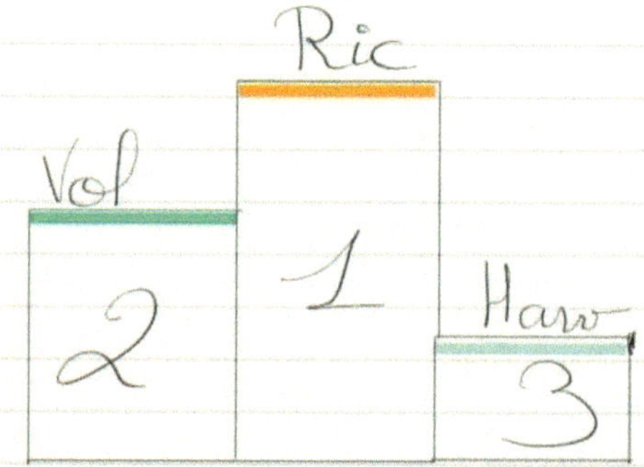

Après ce super grand-prix que j'ai terminé à la première place du podium, je suis dans l'avion pour l'Angleterre avec Timothy. On fait le voyage ensemble, parce qu'on va au même endroit et en plus nous restons de toute façon ensemble jusqu'à chez lui.

Une fois la voiture garée devant la maison d'enfance de mon frère. Je passe ma main dans ses cheveux. Il me sourit et on rejoint l'entrée.

Timothy frappe à la porte et c'est sa sœur qui ouvre et le regarde surprise.

- Tiens, tu réapparais !

- Je me suis engueulé avec maman. Mais maintenant, ça va mieux.
  Alors je suis là.

- Et elle ?

- C'est…

- Compliqué. *Je termine la phrase de mon frère.* Gwen, enchantée.

- Elena.

Elle nous fait rentrer et Timothy me guide jusqu'au salon. Sa mère est dos à nous. Il se passe bien deux minutes sans que personne ne dise rien, sans que rien ne se passe. Comme si tout le monde savait qu'un gros truc se passait.

Cisca finit par se retourner. Elle court vers nous et prend Timothy dans ses bras. Elena rentre dans la pièce.

- Tu ne dis pas bonjour à Gwen, maman ?

- Euh…

- C'est notre sœur. *Timothy lâche cette information d'une traite.*

- Je sais. J'ai fait la gueule à maman pendant deux semaines pour ça.
  Quand j'ai vu Gwen avec toi, j'ai de suite su.

- Comment ? *je demande gentiment.*

- Timothy ne ramène jamais de copine à la maison, et en plus vous vous
  ressemblez beaucoup.

Elena me prend dans ses bras pour me souhaiter la bienvenue. Je prends l'apéro et le repas mais dès le dessert terminé, je dis au revoir et quitte la maison. Timothy a plus ou moins compris et Lawrence est venu me chercher.

Quand on arrive à son appartement, mon copain dépose ma valise dans l'entrée et pose ses lèvres sur les miennes. Il finit par plonger ses yeux bleus dans les miens.

- Que se passe-t-il, babe ?

- J'ai causé énormément de dispute dans la famille de Timothy…

- Faux, leur mère a causé des torts. Toi, tu n'y peux rien.

- On part pour Monaco demain, alors ? Je veux rentrer chez moi

- Parfait.

Nous sommes donc à Monaco pour deux semaines. Lawrence est avec nous, l'excuse est un peu idiote. "Pour pas que je sois la seule à tenir la chandelle entre Adrien et Katherina, et entre Augustin et son nouveau plan cul". Ce soir, Lawrence et moi sommes juste tous les deux. Les autres sont au resto en amoureux.

- Tu veux manger quoi ce soir, mon Lord ?

- Tout est prêt dans la voiture. Tu n'as qu'à embarquer.

- Laisse-moi me changer, et on y va.

Je décide de mettre une petite robe noire légèrement évasée. Lawrence a préparé un pique-nique sur une plage qu'il a privatisée. On a mangé et observé les étoiles. Mon anglais sort la guitare que je lui ai offerte, et commence à jouer "perfect" d'Ed Sheeran.

- Tu es doué. Tu viendras vivre à l'appartement c'est promis.

- Merci.

Il chipote avec ses mains avant de reprendre la parole.

- J'aimerais te dire quelque chose, mais je veux que tu me promettes de ne pas m'interrompre avant la fin.

- C'est promis.

- Alors voilà. Gwen Gilain, tu es la personne la plus incroyable que je connaisse. Tu n'es pas juste belle. Tu es intelligente, passionnée, aimante. Tu as un cœur en or et j'ai beau
t'entendre me répéter à longueur de journée que tu es brisée, détruite et que tu ne comprends pas pourquoi je t'aime, moi je peux te le dire. Je ne sais pas exactement pourquoi je t'aime. Je sais que je t'aime pour Toi. La Toi brisée par la perte d'un proche et tes anciennes relations mais aussi pour la Toi fan de musique et d'astrologie, amoureuse du sport et très minutieuse sur la langue française. Je t'aime pour la Toi qui veut se démarquer, pour la Toi qui réussi toutes les premières fois.
Pour la Toi qui réussi et la Toi qui échoue. Pour la Toi qui m'embrasse avec envie et la Toi qui se console dans mes bras. Pour la Toi qui se bat sans arrêt et la Toi qui fuit quand elle en a besoin. Pour la Toi qui demande de l'aide et pour la Toi qui se cache. Pour la Toi que personne ne voit. Pour la sœur un peu tarée d'Adrien, et pour la sœur format allumette de Timothy, Pour celle qui a mis la plus belle gifle possible à Augustin. Pour celle qui m'a nommé quatrième mousquetaire. Pour celle qui est tombée amoureuse de moi et pour celle qui peut passer sa nuit sur son balcon. Je suis tombé amoureux de la Toi entière. Pieds nus dans l'herbe pour chanter et amoureuse de fraises. Et je ne te demanderai pas pourquoi tu m'aimes parce que trouver la réponse c'est long et je te connais, tu te sentirais mal de ne pas répondre tout de suite.
Alors au nom de notre amour et au nom de notre vie passée, présente et future, Gwen, veux-tu m'épouser ?

Il a maintenant un genou à terre et dans sa main, une bague dans son écrin. Je ne prends pas la parole tout de suite et il décide donc de continuer un peu.

- Je sais qu'on est ensemble depuis très peu de temps mais je ne veux pas prendre le risque de te perdre. Je ne veux pas que nos patrons puissent nous séparer. Je veux que l'on soit nous, que l'on soit nous ensemble peu importe les gens.

- C'est oui Lawrence, c'est oui. En quelques semaines de relation et quelques mois d'amitié, tu as fait plus pour moi que beaucoup d'autres. Et je t'aime plus que n'importe qui alors oui, je vais t'épouser.

Il passe la bague à mon doigt et je l'embrasse tendrement.

On rentre à l'appartement, et peu de temps après nous sommes rejoints par les trois autres personnes de l'habitation. Augustin ne ramène pas ses plans cul ici. Chacun va dans sa chambre et Lawrence s'installe sur le canapé.

POV Lawrence Robins

Je suis en train de dormir tranquillement, quand je me fais réveiller par des cris.

- Lawrence ! Vite ! Dans la chambre de Gwen ! *crie Adrien paniqué.*

Je me dépêche d'y aller. Elle est en pleine terreur nocturne et elle ne se réveille pas du tout. Première chose, évacuer tous les points de stress pour elle.

- Augustin, va lui faire à boire et à manger. On te retrouve à la cuisine.

Il part. Je passe ma main le long de son bras et lui souffle que je suis là et que je la protège. Elle ouvre les yeux, elle hyperventile, et est trempée de sueur. La première action qu'elle fait, est de me sauter dans les bras et de cacher son visage dans mon cou. Elle finit par se calmer et me regarde pour me remercier.

- Tu as quoi à ta pommette ? *je lui demande gentiment*

- Rien de grave, je me suis pris la porte en allant aux toilettes…

- Ok, et maintenant la vérité ? *lui demande Adrien*

- Putain je vais le tuer. *je calme ma voix.* Augustin, peux-tu venir ?

- Je suis là

Il arrive et les yeux de Gwen se remplissent de peur.

- Tu lui as foutu une claque ?! *je demande sèchement*

- Mêle-toi de ce qui te regarde l'anglais !

- GO FUCK YOURSELF

- Lawrence… *la voix de Gwen est si faible*

- NO, HE HURT YOU! I CAN'T HAVE NO REACTION! *(Non, il t'a blessé je ne peux pas rester sans réaction)*

- Lawrence…

- Oui, je t'écoute, désolé.

- Appelle tu sais qui et comme ça, c'est réglé.

Je sors mon téléphone et appelle Giuseppe en visio.

- Tiens, ce n'est pas toi qui téléphones d'habitude. *Dit Giuseppe en décrochant*

- Tu as appelé mon patron ! *s'exclame Augustin.* Pour ça ?

- Tu l'as frappée et elle est blessée du con !

- Augustin ! Prends le téléphone ! *crie Giuseppe*

- Y'a quoi ? *demande Augustin.*

- Une gaffe de plus dans le genre et tu es viré ! *dit sévèrement Giuseppe.*

- Je n'en demande pas tant. *souffle Gwen.*

- Repose-toi, laisse-moi gérer. Et reste avec Robins, ça me rassurera. Augustin, tu as une épée de Damoclès au-dessus de la tête, à toi de choisir !

Il raccroche sur cette dernière phrase. Le monégasque me fusille du regard et part dans sa chambre. Adrien et Katherina nous disent bonne nuit et retournent se coucher. Je me couche dans le lit, Gwen se blottit dans mes bras et me chuchote "je suis désolée d'être aussi brisée" avant de s'endormir.

POV Gwen Gilain

Je me réveille avec un mal de crâne pas possible, bercée par le parfum de Lawrence.

TOC TOC TOC

Adrien entrouvre la porte. Je lui fais signe de rentrer.

- Je vous ai apporté du café. *me chuchote-il.*
- Merci Adri.

Il passe sa main sur ma joue, faisant passer son pouce sur ma pommette. Je sens tout doucement la personne à côté de moi gigoter. L'anglais nous dit bonjour doucement. Adrien nous dit qu'Augustin est encore là, et qu'on est prié de ne pas le frapper d'ici son départ.

Timothy m'a appelé dans la matinée pour que je passe à l'appartement qu'il a loué. Lawrence étant au sport, j'accepte. Je sonne à la porte et mon frère m'ouvre tout content de me voir.

- Merci d'être venue. Je veux absolument te parler.
- Vas-y dis-moi, mini moi

- Tu crois que, dans la vie, on peut avoir des relations secrètes ?

- Si tu savais…

- Quoi ?

- Non rien. Je pense que ce n'est pas facile mais que c'est possible.

- Tu en vis une toi ?

- Non, pourquoi ?

- Tu passes moins de temps avec nous mais on sait pas avec qui tu le passes ; tu disparais dans les paddocks ; et à ma question ta première réponse a été "si tu savais".

- Le principe d'une relation secrète, s'il y en avait une, c'est qu'elle reste secrète. Donc même si tu avais raison pour tenir ma promesse, je ne te le dirais pas.

On entend les clefs dans la serrure accompagné d'un : "Little heart, je suis rentré." La voix m'est familière, mais ce qui me surprend, c'est que c'est une voix masculine. Quand je vois Keith nous rejoindre sur le balcon, je ne suis même pas surprise. Au fond de moi, je m'en doutais, j'avais vu les indices.

- Je comprends mieux la volonté de se cacher. Sache que ça ne change rien pour moi et que tu restes mon petit frère adoré.

- C'est grâce à toi qu'on sort ensemble.

- Vous faites un beau couple.

- Merci. Je voudrais ton avis sur le fait de se cacher. *me dit Timothy, timide.*

- Et, bien le dire, c'est risquer de perdre son job. Et le cacher, c'est risquer d'abîmer la relation. Parce que d'autres s'approchent et qu'à force ça peut être difficile et épuisant.

- Alors, tant pis pour mon job. *dis Timothy haut et fort.*

- Tu le penses vraiment ? Tu laisserais tout… *c'est la première fois que Keith intervient.*

- Tomber pour toi ? Bien sûr ! Tu es l'homme que j'aime.

Ils s'embrassent tendrement. Je mange avec eux le repas du soir avant de rentrer.

A l'appart, Lawrence est seul dans le salon. Il m'informe qu'Adrien et Katherina sont partis manger au restaurant. Augustin, lui, est rentré chez sa mère

- Babe, on peut discuter cinq minutes.

- Oui ma princesse.

- Jusqu'où tu irais niveau risque si Ralf venait à décider que notre relation ne doit jamais devenir publique ?

- Jusqu'à perdre mon job, Honey. Mais pourquoi tu penses à ça?

- Pour rien…

- Mensonge, essaye encore.

- Parce que j'ai peur. Peur de te perdre, peur qu'à force de se cacher les sentiments ne se dissipent. J'ai peur qu'à force de souffrance, on doive tout arrêter.

- Je t'aime Gwen et rien ni personne ne changera ça. La bague à ton doigt en est la première preuve. Je vais t'épouser et t'aimer jusqu'à ce que la mort nous sépare.

- Tu veux des enfants ?

- Je voudrais une famille mais si tu devais être enceinte ça te forcerait à arrêter ta carrière, alors je ne sais pas, ma chérie.

- On pourrait adopter des enfants pas trop jeunes. On pourrait les prendre avec nous et les mettre à la garderie pendant les courses. Et pour plus tard, il y a l'école de la FIA qui se passe en ligne et sur les paddocks pour les enfants qui ont leurs deux parents en F1.

- Avec plaisir ma princesse. Mais pas tout de suite.

Baku

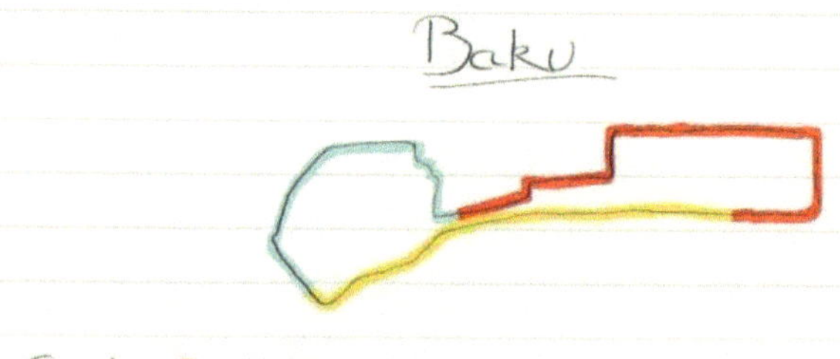

Secteur 1 - 2 - 3

Stratégie de pneu : Soft — Hard ⇒ usure des pneus complexe pour ce GP
  ↳ piste chaude
      ↳ Saison prochaine : Médium

Facilité de la voiture dans les virages à 90° ⇒ Maniabilité de la voiture à Top

⚠ Mercedes très rapide dans les lignes droites !
  ↳ Victoire difficile

Je vais à un repas chez les Nelson (ma famille biologique)
  ↳ # flippant

Augustin : P12

<u>*GP de Las Vegas : du 25 au 27 septembre 2026*</u>

Nous sommes au grand prix suivant. Lawrence, Timothy et Keith sont avec moi dans les paddocks.

-   Keith, caméra en vue. On le fait ?

-   Ouaip.

Ils s'embrassent dans le champ de la caméra. Il ne faut pas cinq minutes pour que le journaliste nous rattrape.

-   Excusez-moi, pouvez-vous me confirmer que vous venez de vous embrasser ?

-   Tu crois qu'on s'est embrassé, babe ? *demande Timothy*

-   Oui, je pense bien, little heart.

-   Vous êtes en couple ?!

-   Oui

-   Vous êtes sûr ? *Timothy baisse la tête suite à cette réflexion.*

-   Ils sont sûrs, et amoureux. *je m'énerve.* Pourquoi ça vous choque ?! Je pourrais embrasser le premier qui passe sur le paddock, vous vous en foutriez !

-   C'est totalement faux.

Je tire Lawrence par le col et l'embrasse.

-   Euh, c'est moins … original

-   Oh, je vois, j'embrasserais une fille vous feriez le même cinéma qu'avec les garçons ! Mais qu'est-ce que ça peut vous faire ?! Ils sont heureux ! C'est leur vie et c'est leur cul ! Alors dites-moi où est le putain de problème.

- Ce n'est pas décent !

- Ah bon ?! Vous êtes un idiot, un vrai !

- Calmez-vous !!

- Non ! Je ne vais pas me calmer ! Ce sont mes amis. Non, mes frères ! Frères de sang ou frères de cœur ! Je les aime ! Et vous, vous les jugez, vous les culpabilisez. Le vrai amour, c'est celui qui s'assume, celui pour lequel on accepte de tout perdre. Celui pour lequel on dit merde à tout ce qui nous empêche d'avancer.

- Mini-A, laisse tomber. Il ne changera pas d'avis. *me dit Keith en nous éloignant de la caméra.*

Ils me raccompagnent jusqu'à mon box.

Je monte dans la voiture. J'effectue le tour de chauffe devant tout le monde et me gare en première ligne. Les feux s'allument un par un et tout se bouscule dans ma tête. Les réflexions de Timothy et Keith, comment vont-ils gérer ça ? Et pour Lawrence et moi, comment ça va se passer ?

Mon ingénieur me cite ce qu'on va faire. Je l'écoute patiemment. La course se déroule sans accroc et c'est un nouveau podium pour moi. Ce qui me fait plaisir c'est de voir que c'est aussi le premier podium de Lawrence. Après la cérémonie du podium, je décide de lui dire quelques mots avant qu'il ne parte fêter son podium avec Mercedes.

- **Félicitation mon Lord.**

- A quel point tu tiens à avoir un mariage de princesse ?

- Zéro pourcent. Je veux un tout petit mariage.

- Parfait. Préviens Giuseppe, il te faut un témoin qui ne soit pas pilote. Ce soir, tu seras officiellement ma femme.

- Ça marche.

- 20h devant Ferrari.

Je retourne en quatrième vitesse au box Ferrari où tout le monde fête la victoire d'Augustin.

- Giuseppe, excusez-moi de vous déranger, mais j'ai un service à vous demander.
- Pas de soucis, je t'écoute.
- Il me faut un témoin pour mon mariage.
- Magnifique, quand ?
- Ce soir, on a rendez-vous à 20h devant l'entrée de l'écurie.
- Je serai là. Mais je n'ai pas de costard.
- Et je n'ai pas de robe.

Il éclate de rire et je cours prendre une douche. J'en ai grandement besoin.

Quand je sors Giuseppe discute avec Lawrence et Ralf. On monte en voiture, je garde le silence. Je n'ai pas écrit mes vœux de mariage. Je voulais qu'ils soient parfaits, mais bon, je vais improviser.

Quand arrive le moment des vœux, Lawrence commence.

- Gwen, tu es la plus merveilleuse des femmes. J'ai peur de me répéter de toutes les fois où nous nous sommes déclarés notre amour. Alors, je pense que je vais te dire "je t'aime". Je t'aime de tout mon cœur et de tout mon corps. Je suis certain que tu es la femme de ma vie.
- Lawrence, je voulais des vœux parfaits, aussi parfaits que l'amour que tu me donnes. Mais comme tu m'as annoncé qu'on se mariait ce soir, il y a deux heures, je vais improviser. Tu es un homme incroyable, compréhensif, admirable, aimant et patient. Tu m'as comprise, tu m'as apprivoisée. Tu as choisi

d'accepter mes défauts et mes qualités, mes forces et mes faiblesses. Je ne veux pas qu'on puisse nous séparer. Tu es officiellement la première de mes priorités.

- Monsieur Lawrence William Robins, voulez-vous prendre pour épouse Mademoiselle Gwen Gilain ici présente ?

- Oui, je le veux.

- Mademoiselle Gwen Gilain, Voulez-vous prendre pour époux Monsieur Lawrence William Robins ici présent ?

- Oui, je le veux.

- Au nom de la loi du Nevada, je vous déclare mari et Femme. Vous pouvez embrasser la mariée.

Après m'avoir passé la bague au doigt, Lawrence m'embrasse passionnément. Ce qui m'étonne le plus, c'est que malgré tout ce que peut dire Ralf, il a les larmes aux yeux et nous applaudit avec un grand sourire.

Lawrence me prend dans ses bras et me ramène à la voiture. Nos directeurs nous laissent et reprennent un taxi pour rentrer.

On passe une nuit de noce torride, qui ferait pâlir mes anciennes relations intimes. Les sentiments rendent tout beaucoup plus intense.

Au réveil, mon premier réflexe est de vérifier si la bague est encore là. Et elle y est, tout comme mon homme, endormi contre moi.

Las Vegas

Lec
GIL
2
1
Rob
3
Stratégie de pneu : Hard - Médium - Soft
Médias
L'amour entre deux pilotes :
C'est possible ?
Que va faire Zak Brown ?
Richardson & Nelson :
Condamnés ou pardonnés ?
Homosexualité en F1 :
Malédiction ?
Menteurs

GP du Mexique : du 9 au 11 octobre 2026

Ce grand-prix est une catastrophe sans nom pour l'écurie, je suis dernière du top dix et Augustin est juste derrière moi. Oliver est cinquième. Je ne sais pas exactement ce qu'il s'est passé mais ce n'était clairement pas la course des deux écuries concurrentes. Les stratégies des pneus et les pit-stop ont été plus complexes suite à la température de la piste.

- Putain les gars, on est au Mexique ! Il fait chaud ! Vous êtes censé le savoir ! Comment peut-on être la meilleure écurie avec des clowns pareils ?!! Et un pit-stop de quasiment cinquante secondes ! On vous a engagé au cirque ?!!

- Augustin calme toi, ce sera pour la prochaine fois. Moi aussi j'ai les nerfs mais regarde le positif. Adrien est sur le podium et on pourra apprendre de nos erreurs.

- Toi, la pute, tu la fermes !

- De quoi as-tu traité ma sœur, toi ?

- Quelqu'un qui ramène ses plans cul à la maison, tu appelles ça comment toi ?!

- Il est culotté le monégasque. Je ramène un pote à la maison, qui dort dans le canapé, et en plus de me prendre une claque le soir même, je me fais traiter de catin devant TOUT le paddock ! Je me casse et je ne veux plus te voir Augustin !

- Gwen, je vais t'accompagner.
- Non, Adrien ! Je suis grande et capable de traverser le paddock seule ! Alors franchement, je veux que personne ne me suive ! Et ne m'attends pas ce soir je vais aller boire un coup avec des potes ! Bye!

Je pars et une fois à l'hôtel, je saute dans ma douche. Quand je sors de ma salle de bain, Lawrence est assis sur mon lit.

- Tu as la clef de ma chambre pour quand je t'appelle, mon Lord.

- Oui bah, c'est Adri qui m'a appelé. Il m'a tout raconté.

- Tu vas boire un coup avec qui ?

- Tu es jaloux Lawrie ?

- Non plutôt curieux, Princesse.

- Je comptais proposer à Timothy, Keith et à mon mari.

- Je suis de la partie !

- Je propose aux garçons et on y va.

Je suis un peu gênée par cette soirée. Lawrence l'a compris et ne rompt jamais le contact. Parfois, ce sont nos jambes qui se touchent, parfois, ce sont nos bras, nos pieds ou nos mains. Alors que Keith et Tim peuvent se permettre les câlins et les baisers.

Le sourire de Lawrence est énorme et je vois qu'il a envie de prendre exemple sur les garçons mais n'ose pas prendre la décision, de peur que ça me déplaise. Pourtant je n'ai pas peur qu'il le fasse parce que dans cette pièce, avec eux, j'ai confiance. Alors, je pose délicatement mes mains autour de sa nuque avant d'unir nos lèvres. Je sens le sourire de Lawrence s'agrandir avant qu'il ne réponde à mon baiser.

Après cette démonstration d'amour, plus que nécessaire, je sens que l'ambiance est plus détendue. On parle, on rit, on chante et on danse. Quand je suis assise, la main de Lawrie trouve automatiquement sa place sur ma cuisse. J'en profite, c'est tellement rare qu'on puisse être un couple devant d'autres personnes.

Quand on monte dans la voiture, et que Lawrence et moi sommes seuls, c'est une autre tension qui monte. Celle d'un désir urgent. La main de mon compagnon est plus haute sur ma cuisse. Il conduit très vite. Arrivés à l'hôtel, nous courons presque jusqu'à la chambre. Une fois la porte de celle-ci fermée, il n'est plus question de prendre son temps. Une seule pensée règne dans cette pièce : se faire plaisir.

Mexique

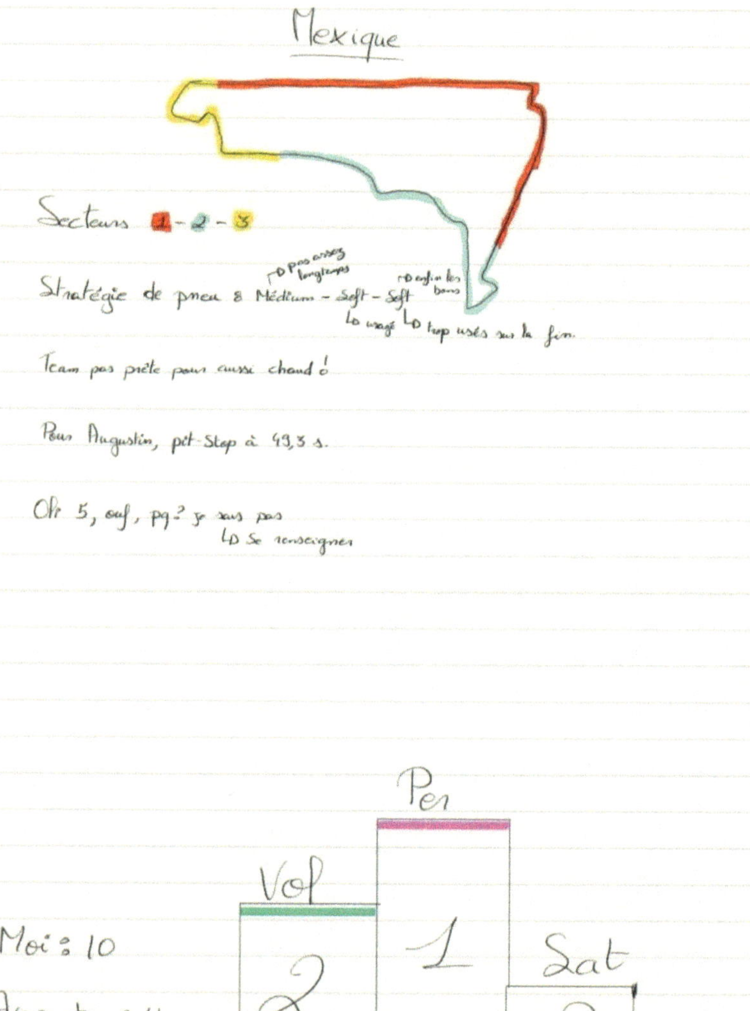

Moi : 10

Augustin : 11

GP de Miami : du 23 au 25 octobre 2026

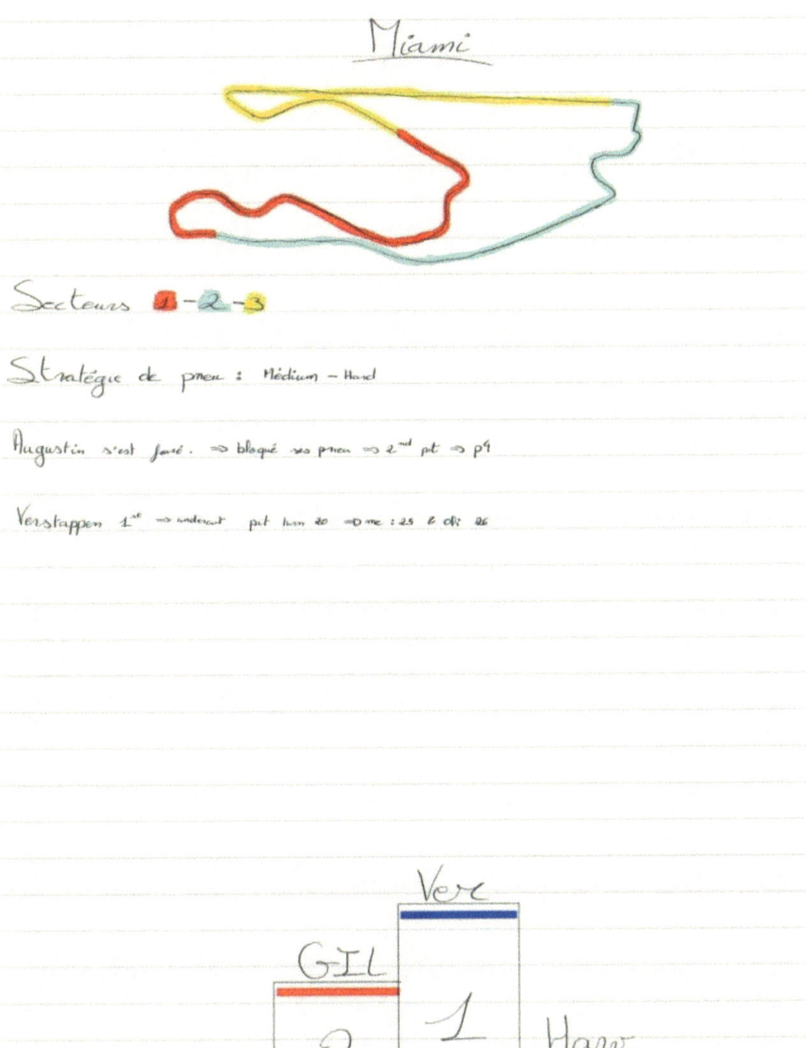

Stratégie de pneu : Médium – Hard

Augustin s'est fané. ⇒ bloqué ses pneu ⇒ 2nd pit ⇒ p4

Verstappen 1er ⇒ undercut pit tour 20 ⇒ me : 25 & di: 26

Hier j'ai gagné. Aujourd'hui, on est lundi et mes deux frères veulent fêter ma victoire avec moi. On va donc faire ça tous les trois. Je prends le temps d'appeler Lawrence avant que Tim et Adri arrivent. Il ne répond pas. Je lui envoie donc un petit message.

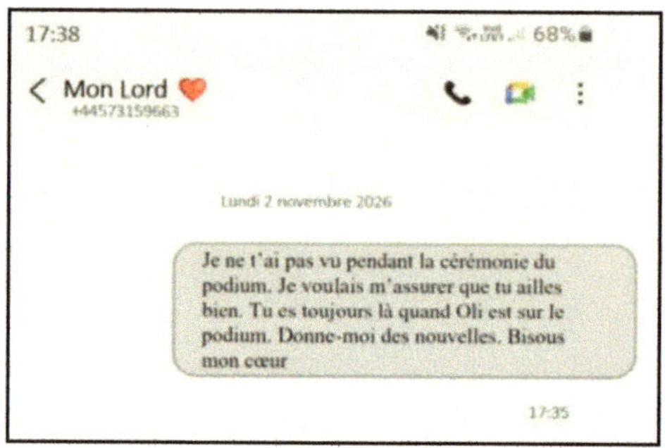

La soirée se passe dans la rigolade, mes deux frères s'entendent bien. Ça me redonne le sourire légèrement disparu. Toujours pas de réponse de Lawrence.

Quand tout le monde rentre, je décide d'utiliser ma clef de la chambre de Lawrence pour le rejoindre. Quand je passe la porte, mon amoureux est assis sur le lit comme s'il m'attendait.

- Que se passe-t-il ?

- Tu vas me quitter. Je suis comme les autres qui t'ont fait du mal…

- Qu'est-ce que tu racontes Lawrence ?

- J'ai passé la soirée, sans répondre au téléphone, sans même répondre à ton message…

- Je me suis inquiétée mais je ne t'en veux pas. Par contre, ne me fais plus peur comme ça.

- Promis. Je… J'ai oublié mon téléphone ici ce matin… pardon…

- Ce n'est pas grave mon lord.

Brésil

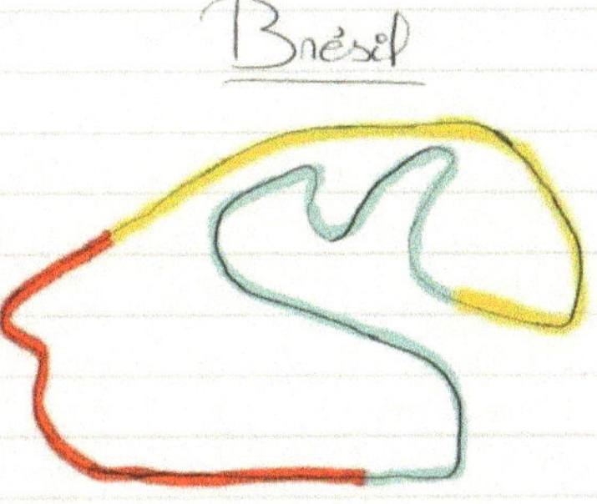

Secteur 1 - 2 - 3

Stratégie de pneu : Médium - Hard - Hard

Il fait chaud, la voiture est un vrai four.

Tentative d'undercut chez Mercedes mais on avait assez d'avance.

<u>*GP du Texas : du 5 au 8 novembre 2026*</u>

La course au Texas se termine sur un résultat plus que surprenant, puisque c'est Timothy qui gagne devant moi. C'est donc la fête, ce soir.

Les musiques s'enchaînent et Tim et moi sommes intraitables. On danse ensemble peu importe le type de musique. Nous sommes tous deux pris d'un fou rire quand on voit nos compagnons respectifs danser ensemble, collés serrés.

-   Hey Keith, tu sais que c'est le mien celui-là !
-   Yep beauté. Quand tu me rendras le mien, je te rendrai le tien.
-   Depuis quand être anglais veut dire être une monnaie d'échange ?!
-   Tu as bien raison Tim. REVOLUTION !

Les voilà partis en train de danser côte à côte et je me rends compte que je me sens bien entourée de ce petit groupe.

Texas

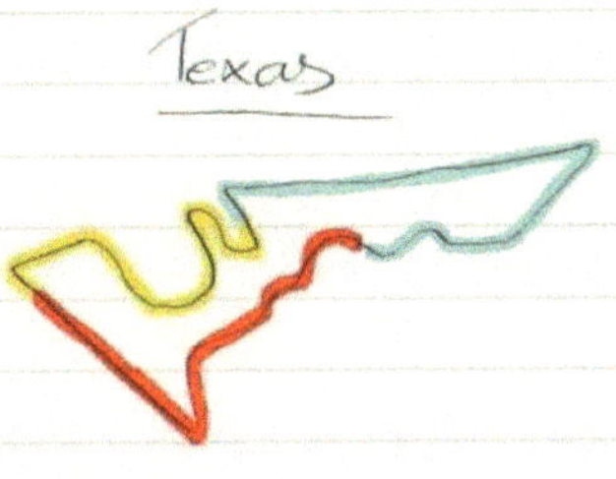

Secteurs : 1 - 2 - 3

Stratégie de pneu : Médium - Hard - Médium

Timothy m'a surprise. C'est qu'il a du talent mon frère 😏

Ce tracé est chelou, mais il me réussit pas trop mal.

Lawrence & Keith on dansé ensemble 😈 😈

Augustin : P5

GP du Japon : du 20 au 22 novembre 2026

La course s'est passée sans encombre pour ma part mais c'est Lawrence qui me devance. On choisit de fêter ça tous les deux. On commande au room service notre repas.

Après avoir mangé, je vais m'installer sur le balcon. Ma chambre est au 28e étage, d'ici, on voit le circuit et une grande partie de la ville.

Je sens les mains de Lawrence glisser sur mon ventre, sous mon t-shirt, et ses lèvres poser un long baiser dans mon cou. Je me retourne et embrasse ses lèvres tendrement. Mes mains passent autour de sa nuque et glissent dans ses cheveux.

Nous rentrons dans la chambre, rejoignons le lit, et fêtons notre victoire de la façon la plus torride qu'il soit.

<u>Suzuka</u>

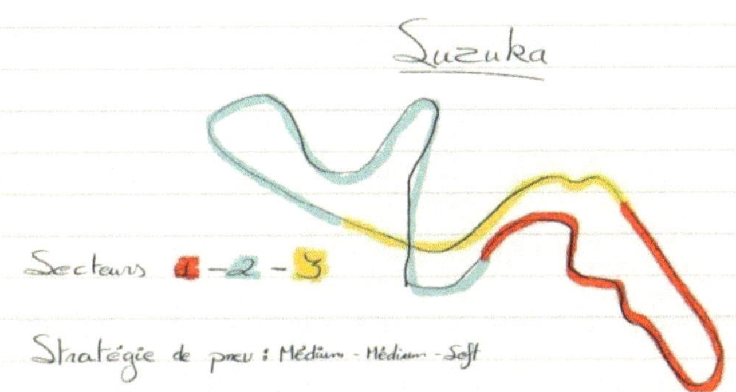

Secteurs 1 — 2 — 3

Stratégie de pneu : Médium - Médium - Soft

♡ Lawrence reste devant en contrant notre tentative d'undercut !
   Lo contente qu'il aie un podium de plus

Rob
GIL
1
2
APv
3

Augustin : P6

Oliver : P4

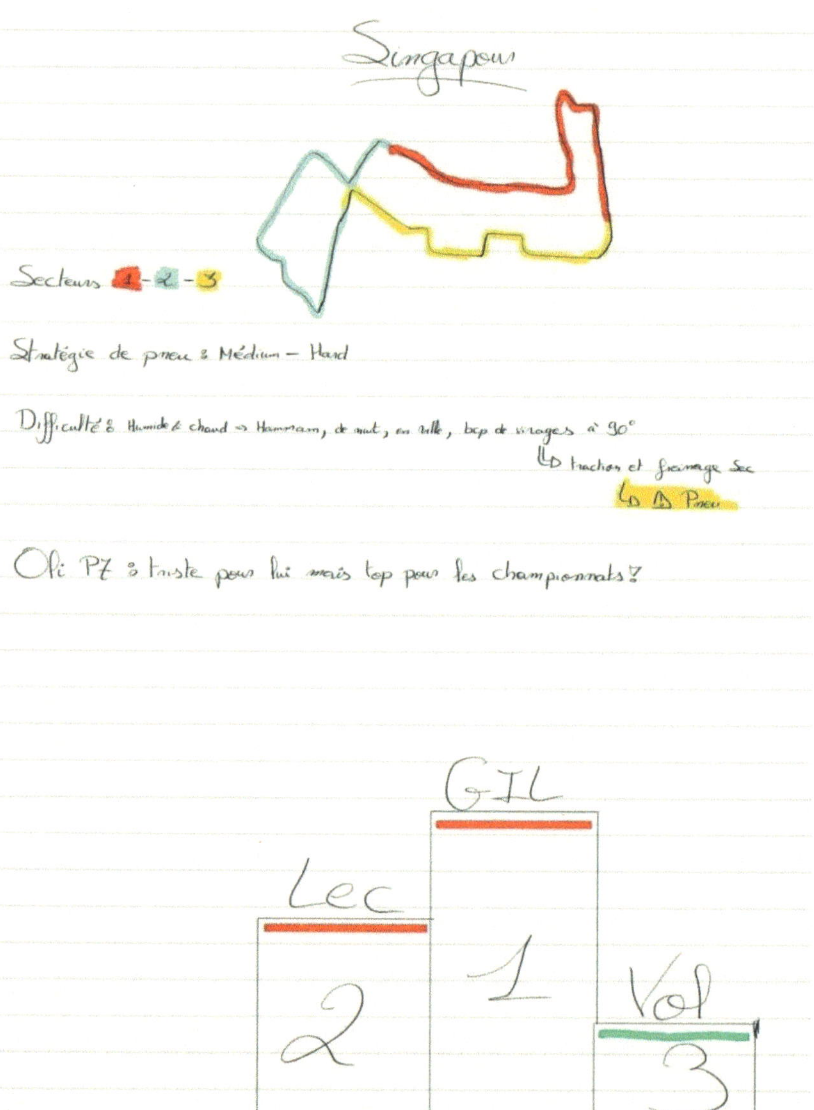

Stratégie de pneu : Médium — Hard

Difficulté : Humide & chaud → Hammam, de nuit, en ville, bcp de virages à 90°
⮡ traction et freinage sec
⮡ △ Pneu

Oli P7 : triste pour lui mais top pour les championnats !

Je suis dans la voiture, comme d'habitude, je me concentre sur chaque virage, chaque point de freinage et zone d'accélération.

- Red flag, red flag ?

- Who ?

- Hawkins.

- Is he ok ?

- Don't know.

- Oh fuck !

Je descends de ma voiture et je cours au centre médical. J'ai tellement peur, il faut qu'il aille bien ! Je n'aime pas l'idée de pouvoir perdre quelqu'un, je ne veux plus, je ne peux plus, même si Lawrence est là pour m'aider, je veux me protéger !

Oliver va bien et m'oblige à remonter dans ma voiture.

Je gagne la course suivie par Lawrence et enfin Augustin. On monte sur le podium et je dois me retenir pour ne pas embrasser l'homme de ma vie devant tout le monde. Je sens le regard de Ralf et Guiseppe sur nous, plein d'amour pour nous.

<u>Chine</u>

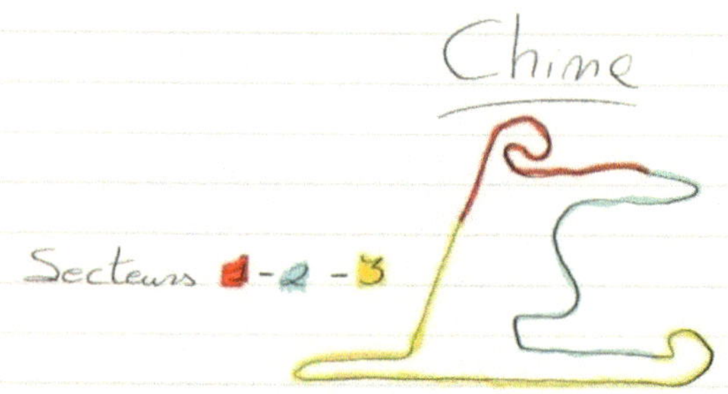

Secteurs 1 - 2 - 3

Stratégie de pneu : Médium - Hard - Médium

Oliver a DNF
   ↳ j'ai eu peur...

GIL
ROB
2
1
LEC
3

Je rejoins Giuseppe dans les box. Il m'annonce que c'est la dernière de la saison, mais surtout que si je finis devant Augustin au bout de celle-ci, je suis championne du monde.

Je monte dans la voiture. J'effectue le tour de chauffe devant tout le monde et me gare en première ligne. Les feux s'allument un par un et tout se bouscule dans ma tête. C'est la dernière de Ludwi et potentiellement la dernière de Keith et Timothy. Les feux s'éteignent, je mets le pied au plancher et prends le plus beau départ de ma saison.

Mon ingénieur me cite ce qu'on va faire. Je l'écoute patiemment et fini par poser la question qui me tourne dans la tête depuis le début. "Zak a dit quoi à propos de ses pilotes ?" On me confirme qu'il n'a pas trop bien réagi et que Keith a choisi de partir pour que le couple puisse continuer et la carrière de Timothy aussi.

Je passe la ligne d'arrivée devant Augustin et devant tout le monde. Je saute dans les bras de toute l'équipe, je serre la main à Augustin et saute dans les bras d'Oliver. Troisième membre du podium. Ces deux derniers passent aux interviews avant moi.

- Gwen, tu es championne du monde, que veux-tu dire ?

- Je veux dire merci. Merci à mes frères, à l'équipe, à Oliver. Je veux dire merci à Ludwi qui nous quitte aujourd'hui. *les larmes coulent sur mes joues.* C'est l'un de mes mentors, il a su être là pour moi et je l'en remercie. C'est un grand pilote qui nous quitte.

- Et pour Keith, avez-vous quelque chose à dire ?

- Tu es un ange, beau-frère. Vous êtes incompris et par amour tu choisis d'arrêter. J'adorerais avoir un jour ce courage.

- Merci beaucoup.

Après le podium, je croise Adrien en train de parler avec Lawrence, Timothy et Keith. Je souris et sans réfléchir je saute dans les bras de Lawrence. Il me serre dans ses bras en me félicitant et j'ai beau savoir que les autres nous voient, je reste là.

Je fini par aller prendre Adrien dans mes bras et ensuite Timothy et Keith. On rentre à l'hôtel tous ensemble et chacun rejoint sa chambre. Je m'habille d'une longue robe rouge avec un dos nu à lacet. On rejoint ensuite la salle de la fête organisée par Mick ce soir.

- Mick, tu as géré pour la fête d'adieu de Ludwi.

- Merci

Ludwi vient me remercier pour les mots et les larmes devant la caméra plus tôt dans la journée. On entend le karaoké s'allumer, Timothy est sur scène avec Mick.

Lawrence arrive près de moi et me tend une enveloppe.

- C'est quoi ?

- Ton cadeau pour ton titre de championne.

J'ouvre l'enveloppe et y trouve un papier à compléter et signer, pour l'adoption de deux petits garçons. Les deux jeunes bonhommes sont James et Tom, deux frères mis à l'adoption que l'on pourrait accueillir. J'embrasse Lawrence pour cette merveilleuse nouvelle. Mon téléphone vibre et j'ouvre un message de mon patron.

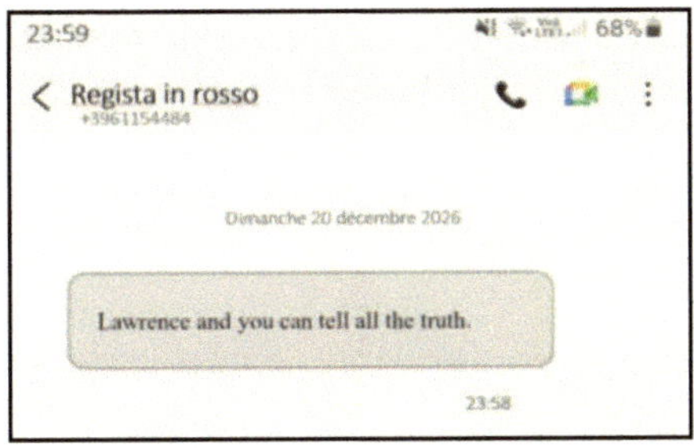

Je montre le message à mon compagnon qui me demande de ne rien dire car il a une idée. Il monte sur la scène du karaoké et commence à chanter "perfect" d'Ed Sheeran. Je suis au milieu de la foule, je ne vois pas mais j'entends tout l'amour qu'il met dans les paroles de la chanson sur laquelle il m'a demandée en mariage.

La foule crée un couloir où Lawrence marche, continuant la chanson. Je me mets dans la haie d'honneur entre Ludwi et Oliver, en face de Keith, Timothy et Adrien. La chanson se termine et Lawrence vient embrasser mon alliance avant de prendre possession de mes lèvres. Tout le monde applaudit et je prends le micro des mains de Lawrence.

- Adrien, Timothy, on n'a pas tout à fait fini avec les nouvelles. *avant que j'annonce l'adoption, Lawrence s'approche du micro*

- Voudriez-vous être les parrains des petits jumeaux que l'on adopte à leurs 1 an ?

Les deux nous répondent en cœur à l'affirmative. Augustin me prend tout à coup le micro et monte sur une table.

- J'aimerais faire mes vœux aux mariés. *il semble complètement soûl.*

- On t'écoute, *l'encourage Esteban*

- Cher Lawrence, je voudrais être sûr que tu sais ce que tu fais. Tu as épousé et tu vas avoir des enfants avec une menteuse hypocrite, mais cette jolie fille est une vraie pute et une incestueuse. Si je ne l'avais pas arrêtée, elle se serait tapé tous les pilotes de la grille. Gwen, est-ce que ton homme sait que tu as baiser avec moi, Timothy aka ton frère, et Keith. Est-ce qu'il sai…

- Oui, je le sais.

- Pardon ?!

- Je sais qu'elle a eu des relations sexuelles avant moi, qu'elle a couché avec Timothy avant de savoir que c'était son frère. Je sais aussi que tu as des sentiments pour elle et que tu en as toujours eu. La première fois que cette jeune femme m'a battu au karting, elle était première, suivie par deux autres français sur le podium, moi, et ensuite un Monégasque. Quand je l'ai vue monter sur le podium, j'ai eu un coup de foudre mais je ne suis pas allé la voir. Elle était la jolie brune au milieu de trois garçons. Le premier avait la coupe de cheveux de Justin Bieber et des yeux bleus, il agissait clairement comme un grand frère. Le deuxième était un grand à lunette, lui, semblait être un frère de cœur, patient et plus sympa avec les garçons qui voulaient approcher ma jolie française. Mais si je n'y suis pas aller, c'est pour le troisième garçon. Il avait un accent du sud, des cheveux bruns, et des yeux verts, plein d'amour pour elle. Elle avait les mêmes yeux envers lui. C'était toi Augustin! Vous aviez l'air amoureux et fait l'un pour l'autre, je n'ai pas voulu interrompre ça. Je ne savais pas que c'était elle avant de voir la photo de vous près du kart, à l'appartement après l'avoir demandée en mariage. Pourquoi tu l'as fait souffrir alors qu'elle t'aimait ? Elle était folle de toi. Tu ne pourras pas dire que tu t'en veux et que tu ne recommenceras pas, mais que tu l'aimes. Tu as eu dix ans pour l'aimer et tu as préféré la détruire, à mon tour de l'aimer correctement.

- Tu exagères, je ne l'ai pas brisée. *réponds Augustin*

- Le grand-prix où l'on n'a pas participé, c'est parce qu'elle voulait se tuer ! Rejoindre Antoine pour se faire pardonner ! Quand je l'ai retrouvée dans le parc pendant l'été, elle ne voyait pas comment vivre sans toi ! Elle était presque prête à être ton amie et oublier toutes ces histoires de sexe et tu as encore tout gâché. Elle t'a donné toute sa confiance, toute sa virginité et toi, tu as fait quoi ?! TU AS FAIT QUOI, Augustin ?!! Tu l'as salie ! Devant tout le monde ! Tous ses amis, son patron, etc. Tu te rends compte ! Alors pour une fois dans ta vie, réfléchis ! Fait profil bas un petit temps et tente de récupérer une amie. Elle ne mérite pas la rage que tu lui portes. *Lawrence arrête son monologue le souffle coupé et les larmes aux yeux.*

- Je suis en rage contre moi … Désolée Gwen … J'espère qu'un jour on redeviendra amis … Merci Lawrence, j'avais besoin d'entendre ça, et merci de prendre soin d'elle … Gwen, une dernière chose, désolé pour les coups, je ne suis qu'un gros con.

Il se retourne pour partir mais je l'attrape par le bras et le tire dans les miens. Il répond à mon étreinte, et pleure silencieusement.

- Je te pardonne Augustinounet…

Ses larmes coulent de plus en plus, alors je passe ma main dans ses cheveux et l'autre dans son dos. Je fais signe à Adrien pour qu'il vienne. Il s'ajoute au câlin.

- Mousquetaire pour toujours. *souffle Adrien.*
- Lawrence, viens, on fait comment sans d'Artagnan. *dit Augustin.*

Lawrence nous rejoint donc en souriant. Ludwi arrive près de nous et fait une réflexion à Augustin parce qu'il m'a frappée. La fête se finit dans la joie et la bonne humeur.

Abu Dhabi

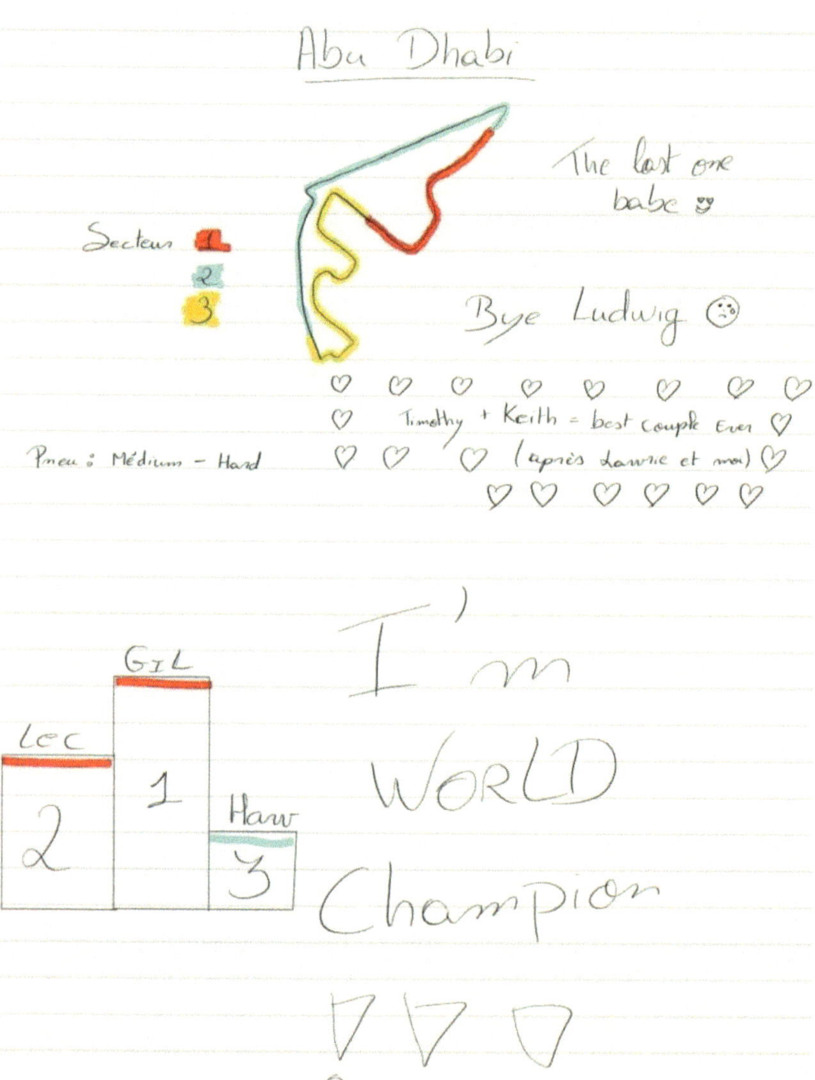

The last one babe
Secteur 1 2 3
Bye Ludwig
Pneu : Médium - Hard
Timothy + Keith = best couple Ever
(après Lawrie et moi)
GIL
LeC
1
Hau
2
3
I'm WORLD Champion

<u>*Trêve hivernale 2026*</u>

On a passé Noël dans la famille de Lawrence, tout le monde m'a acceptée.

Aujourd'hui est un grand jour, nos deux petits loustics vont arriver. L'assistante sociale nous rend visite pour observer l'appartement. Pour la première fois depuis le décès d'Antoine, j'ai rouvert sa chambre. Je sais que mon meilleur ami aurait accepté que les petits aient sa chambre, on l'a donc réaménagée pour James et Tom.

-	L'appartement me convient, le mode de vie vagabond moins mais vous avez prouvé que les jumeaux garderont une vie stable. Tout est parfait. Je vous souhaite de former une famille heureuse

Elle quitte l'appartement et nous laisse avec nos garçons.

<u>*New Season - Bahreïn : du 19 au 21 mars 2027*</u>

Nous sommes arrivés sur les paddocks de la première course de la saison 2027. On a fait le choix, Lawrence et moi, de ne pas dévoiler notre relation et de ne pas trop monter nos enfants sur le paddock.

- Y'a pas moyen que vous disiez tout, frangine ? *me demande Adrien, curieux.*

- Non, sauf si on fait un doublé Lawrence et moi.

- Si vous faites un doublé, je vous amène Tom et James.

- Avec la casquette et les lunettes ! *Je réplique très sérieusement.*

- Oui, maman…

La course se passe bien, je tente tant bien que mal de dépasser la voiture numéro 36, mon Lawrie. Dernière ligne droite, j'écrase l'accélérateur, et passe la ligne d'arrivée. Je ne sais pas si je suis première ou deuxième, et mon équipe non plus. Je me gare à la même hauteur que Lawrence poussant légèrement le panneau numéro deux. Je saute dans les bras d'Augustin qui est troisième. Je vais vers mon équipe qui me signale que c'est officiellement une égalité. Je veux sauter dans les bras de Lawrence mais il est déjà auprès d'un journaliste. Je les rejoins donc au plus vite.

- Comment allez-vous faire pour le trophée ? Il n'y en a qu'un.

- Aucune idée. *je réponds un sourire aux lèvres.*

- C'est sûr, ça va être compliqué. *réplique Lawrence au bord du fou rire.*

- Oui Tom, on arrive près de maman. *j'entends Adrien visiblement en grande discussion avec son filleul.*

- James ?

- Timothy arrive avec mon petit loup. *Adrien me tend mon fils.*

- Mon petit prince. *je le prends à bras et Timothy m'apporte le deuxième.*

- Vous avez adopté des enfants ?

- C'est exact. **James, tes lunettes !!!**

- Viens là mon fiston. *Lawrence prend notre fils dans ses bras.*

- Excusez-moi, je ne suis pas sûr de comprendre.

- Nous sommes mariés. D'ailleurs on va y aller, les petits doivent faire leur sieste.

Nous partons rejoindre les autres pilotes.

<u>*Epilogue*</u>

<u>**11 ans plus tard**</u>

- **James, Tom, comment s'est passé votre journée ?**

- **Très bien.** *me répond James.*

- **On doit choisir nos options pour demain. L'automobile ou le général. L'un n'empêche pas l'autre plus tard. C'est les travaux pratiques qui changent.**

- **Ni papa, ni moi ne jugerons votre choix mais je suis curieuse donc dites-moi quand vous avez choisi.**

- **Moi je me dirige vers l'automobile.** *me dit fièrement Tom.*

- **Moi je ne sais pas. Piloter ça peut être chouette, mais j'ai envie de faire des études générales. J'ai repéré une école qui fait les deux, mais vous ne voudrez jamais. C'est un internat, en France...** *me dit James.*

- **J'en parlerai avec papa.**

Lawrence rentre et prend ses fils dans les bras. Tom est un petit blond aux yeux bleus, alors que James a des cheveux châtains et des yeux verts. La famille mange le repas en riant.

Quand les garçons sont au lit, je me sers une bière et en tend une à mon époux.

- Il faut qu'on parle de James...

- Que se passe-t-il ?

- Il a repéré une école de sport-étude où il pourrait piloter et faire des études générales.

- C'est où ?

- En France. C'est une bonne école, Adrien et moi y sommes allés.

- Mais il sera loin…

- Et heureux. Mes parents ne seront pas loin, on pourra aller le voir.

- Mais Gw…

- Ne brisons pas ses rêves, laissons-le essayer. Il parle français donc il pourra facilement suivre.

- Très bien, on ira visiter l'école dès que possible.

The end

Remerciements

Ces remerciements ne vont pas être très long. Je pense que les principales personnes à remercier sont les personnes qui m'ont soutenue.

Ma maman qui m'a poussée à poser toutes mes idées, qu'elles soient farfelues ou très sérieuses, sur papier. C'est grâce à Maman que mon projet ne fait pas que quatre pages mais bien plus, grâce à elle qu'on a distingué l'essentiel de l'accessoire pour ne laisser que le meilleur.

J'avais moi-même du mal à y croire. Je crois être la pire élève en orthographe que mes profs de français aient pu croiser. Pourtant, c'est fait, elle est là, cette histoire qui me tourne en tête depuis tout ce temps.

Merci aussi à mon frère, mon papa, mes grands-parents et mes amis qui ont passé des heures à m'écouter parler de F1 et de livre sans pour autant avoir accès à ce qu'il y avait au fond de ma tête. Je leur ai tout et rien dit en même temps, et en dehors de maman, personne n'a lu cette histoire avant vous.

Pour finir, merci à vous d'avoir pris le temps de lire cette histoire. En espérant qu'elle vous ait plu.

Gwen

FSC
www.fsc.org
MIXTE
Papier issu
de sources
responsables
Paper from
responsible sources
FSC® C105338